그리운 날은 그림을 그리고
쓸쓸한 날은 음악을 들었다.

그리고도 남는 날은
너를 생각해야만 했다.

2021. 3. 8   나태주

가지 말라는데
가고 싶은 길이 있다

가지 말라는데
가고 싶은 길이 있다

엮은이 **나태주**
펴낸이 **임상진**
펴낸곳 **(주)넥서스**

초판 1쇄 발행 2021년 3월 25일
초판26쇄 발행 2022년 11월 15일

출판신고 1992년 4월 3일 제311-2002-2호
10880 경기도 파주시 지목로 5
Tel (02)330-5500 Fax (02)330-5555

ISBN 979-11-6683-030-3 03810

www.nexusbook.com
&(앤드)는 (주)넥서스의 문학 브랜드입니다.

나 태 주
스 페 셜
에 디 션

가지 말라는데
가고 싶은 길이 있다

&

긍정의 길, 부정의 길

미국 시인 로버트 프로스트는 내가 진정 좋아한 몇 사람 외국 시인 가운데 한 사람입니다. 특히 그의 시 「가지 않은 길」은 우리에게 많은 교훈과 시사점을 줍니다. 어떻게 사는 인생이 좋은 인생인가 하는 걸 생각하게 해줍니다.

그러나 나의 시 「그리움」에 나오는 길은 프로스트의 그것과는 사뭇 다른 길을 보여줍니다. 프로스트의 길이 선택과 갈등에 대한 것이라면 나의 길은 부정과 긍정에 관한 것입니다. 결론부터 말한다면 부정이 끝내 긍정이 되었고 나의 인생이 되었다는 얘깁니다.

'가지 말라는데 가고 싶은 길이 있다.' 그렇습니다. 그 누구도 권장하지 않았고 칭찬해주지 않은 길입니다. 글을 쓰는 일이 그랬습니다. 다만 내가 하고 싶어서 한 일입니다. 그것도 일생 계속해서 그랬습니다. 다른 이들에게는 부정이지만 나에게는 긍정의 길입니다.

다음에 오는 두 개의 문장은 동의어 반복이거나 의미의 재생산입니다. '만나지 말자면서 만나고 싶은 사람이 있다.' '하지 말라면 더욱 해보고 싶은 일이 있다.' 실은 이것은 나의 아들에게 들려주고 싶은 말입니다. 돌이켜 보니 그건 나의 아버지가 나에게 들려주시는 말씀이기도 했습니다.

'그것이 인생이고 그리움/ 바로 너다.' 결론이고 반전이고 하나의 변용입니다. 이 시는 몇 년 전 배우 박보검 씨와 송혜교 씨가 주연을 맡은 티브이 드라마 〈남자친구〉에서 두 사람이 심정적으로 공유한 작품이기도 합니다. 그래서 연애시가 아닌데도 연애시처럼 독자들에게 각인되기도 했습니다.

이번에 나의 스페셜 시집을 만들면서 여러 가지로 책의 제목이 오락가락했습니다. 제목 문제로 에디터와 통화하다가 문득 이 제목에 합의해서 쾌재를 불렀습니다. 그리고 보니 나의 인생 전체가 이 한 줄의 문장에 요약되어 있는 것이었습니다. 초등학교 교사가 되기 위해 들어간 학교에서 무턱대고 시를 쓰기 시작한 일부터가 그렇습니다.

부모나 주변의 반대에도 막무가내로 밀고 온 길이 오늘날 나의 길이 되었습니다. 이 책은 그렇게 쓰여진 5천 페이지의 시 가운데서 400여 페이지만 추려낸 시집입니다. 그래도 장편소설이나 사전 한 권 만큼의 볼륨입니다. 한 사람의 일생이 담긴 시집이어서 그러하거니 여겨주시면 감사하겠습니다.

2021년 봄을 맞으며
나태주 씁니다.

차례

2
눈 위에 쓴다

3
아름다움

4

내가 너를

묘비명

많이 보고 싶겠지만

조금만 참자.

1

무인도

바다에 가서 며칠
섬을 보고 왔더니
아내가 섬이 되어 있었다
섬 가운데서도
무인도가 되어 있었다.

여행자에게

풍경이 너무 맘에 들어도
풍경이 되려고 하지는 말아라

풍경이 되는 순간
그리움을 잃고 사랑을 잃고
그대 자신마저도 잃을 것이다

다만 멀리서 지금처럼
그리워하기만 하라.

길거리에서의 기도

길거리에서
바람 부는 길거리에서
먼길 채비하는 너의 발을 잡고
기도를 한다

이 발에 축복 있으소서
가호 있으소서
먼 길 가도 부디
지치지 않게 하시고

어려운 일 파도를 지나
다시 밝은 등불 켜지는
이 거리 이곳으로
끝내 돌아오게 하소서

그러면 금세 너는
한 마리 기린이 되기도 한다
키가 크고 다리도 튼튼한
기린 말이다

성큼성큼 걸어서 그래

빌딩 사이 별 밭 사이

머나먼 길 떠났다가

다시 내 앞으로 돌아오거라.

귀가 예쁜 여자

맞선을 본 처녀는 별로였다
살결이 곱고 얼굴이 둥글고
눈빛이 순했지만
특별히 이쁜 구석이라고는 없었다
두 번째 만나던 날
시골 다방에서 차 한 잔 마시고
갈 곳도 마땅치 않아
가까운 산 소나무 그늘에 앉아
한참을 이야기하다가 산길을 내릴 때
앞서가는 처녀의 뒷모습
조그맣고 새하얀 귀가 예뻤다
아, 귀가 예쁜 여자였구나
저 귀나 바라보며 살아가면 어떨까?
그렇게 살아, 나는 이제
늙은 남자가 되었고
아내 또한 늙은 아낙이 되었다.

어리신 어머니

어머니 돌아가시면 가슴속에
또 다른 어머니가 태어납니다

상가에 와서 어떤 시인이
위로해주고 간 말이다

어머니, 어머니, 살아계실 때
잘해드리지 못해 죄송해요

부디 제 마음속에 다시 태어나
어리신 어머니로 자라주세요

저와 함께 웃고 얘기하고
먼 나라 여행도 다니고 그래 주세요.

휠체어 빌려 타고
— 어머니 삼우

어머니 마지막 며칠
비몽사몽 간 병상에서 하신 말씀
금매 가자 금매 가자
어떻게 억지 좀 해봐
억지로라도 휠체어 빌려 타고
금매복지원 마지막 몇 달 보내신 곳
따뜻하고 조용한 그곳
데려가 달라는 소원 들어드리지 못해
미안합니다
많이 속상합니다
금매 가자 금매 가자
휠체어 빌려 타고 금매 가자
그러세요 어머니
이제는 휠체어 타지 말고
새색시 때 입었던 것처럼
유똥 치마저고리
깨끼 치마저고리 곱게 차려입고
옷고름 산들바람에 날리며 가세요
하늘나라 먼저 가서 기다려주세요.

너무 늦게 슬픈 아들

너무 늦게 어머니를
잃었습니다
너무 늦게 슬픈 아들이
되었습니다

그래도 마음이 아픕니다
그래도 하늘이 허전합니다
땅이 쓸쓸합니다

이제는 허전한 하늘이 되신
어머니
쓸쓸한 땅이 되신
어머니

그 어머니 모시고
천천히, 부지런히
잘 살겠습니다
고마웠습니다.

아들아 잘 가

세상일 바쁘다는 핑계로

자주 찾지 못한 고향 집

모처럼 찾아가니

늙으신 어머니 더욱 늙었고

몸집이 더욱 작아지셨다

그러나 모처럼 아들 만난 기쁨에

어머니 얼굴은 꽃송이

방글방글 웃으시는 달덩이

오래 당신 옆에 있지도 못하고

또다시 고향 집 떠나올 때

마루에서 내려 토방에서 내려

휠체어 타고

대문간 지나 바깥마당까지 나와서

아들을 바라보시는 어머니

아들이 어른 같고 어머니가 아이만 같아

마음 아프다

어머니 다음에 또 오겠습니다

아들의 인사말에 문득 아들아 잘 가

한 번도 들어보지 못한

어머니의 인사말

아들아 잘 가

그 인사말에 가슴이 무너져 내린다

네 어머니 다시 또 오겠습니다

어머니 뵈러 다시 오겠습니다

…… 이것이 영이별이라도 되는 것일까

어머니 말씀에 눈물이 솟아

무너지는 마음

네 어머니 네 어머니

다시 돌아오겠습니다

어머니 뵈러 다시 돌아오겠습니다.

납작 엎드리다

어머니 친상을 당해
찾아오는 손님들마다 큰절을 드렸다
옛날 예법 그대로 미안하고
죄스런 마음에서 그랬을 것이다

처음엔 머리를 바닥에 조아리긴 했지만
궁둥이를 조금 들고 큰절을 했다
자세도 불편하고 마음도 불편했다
보는 사람들도 그랬을 것이다

왜 사람은 절을 할까?
나는 당신의 적수가 아닙니다
나는 당신에게 이미 졌습니다
나는 온전히 나를 내려놓습니다
그런 뜻으로 절을 하는 것은 아닐까!

그러하다
절을 하는 동물은 인간 밖에는 없다
생각 끝에 궁둥이를 더욱 내리고

납작 엎드려 절을 하기로 했다
마음이 점점 편해지기 시작했다

될수록 납작 엎드려 절을 드려라
그것이 사는 길이고 이기는 방법이란다
어머니 가시는 마당에 한 수
가르쳐주고 가셨다.

발을 위한 기도

이 발을 지켜주소서

이 발이 더 좋은 곳에
가게 하시고
이 발이 더 아름다운 곳을
찾게 하소서

비록 이 발이
원치 않는 곳에 머물지라도
이 발의 주인을 지켜주시고
힘 드는 일 살피소서

진정으로 좋은 날 어여쁜 날
좋은 발 어여쁜 발로 다시
이곳에 이르게 하소서.

봄의 사람

내 인생의 봄은 갔어도
네가 있으니
나는 여전히 봄의 사람

너를 생각하면
가슴 속에 새싹이 돋아나
연초록 빛 야들야들한 새싹

너를 떠 올리면
마음속에 꽃이 피어나
분홍빛 몽골몽골한 꽃송이

네가 사는 세상이 좋아
너를 생각하는 내가 좋아
내가 숨 쉬는 네가 좋아.

산티아고로 떠나는 시인에게

객지의 날이 길고 길겠네
부디 아프면 안 돼
좋은 생각 맑은 생각 많이 하며
잘 다녀와

우리들 세상의 목숨은
어차피 한 번뿐이고
진정한 사랑도 한 번뿐이고
가슴 저미도록 아름다운 여행도
한 번뿐인 거야
지금 그대는 그 여행을 떠나려는 거구

나는 결단코 아지 못하는 땅
가보지 않은 고장
그곳의 구름이 되고
나무가 되고 바람이 되고 싶어 하는
영혼아 푸른 영혼아

아주는 그곳에 머무르지 말고

그곳의 바람과 햇빛과
구름과 나무만 데리고 오기 바래

모르는 곳 그곳으로
그대 떨치고 떠날 수 있는
그대의 조건과 그대
자신에 대해 감사하면서
잘 다녀오기를 빌어

다녀오면 내 그대를
한 번 안아줄게
내 키가 비록 그대 키보다
훨씬 작지만 말이야.

그런 너

세상 어디에도 없는
너를 사랑한다

거리에도 없고 집에도 없고
커피잔 앞이나 가로수
밑에도 없는 너를
내가 사랑한다

지금 너는
어디에 있는 걸까?

네 모습 속에 잠시 있고
네 마음속에 잠시 네가
쉬었다 갈 뿐

더 많은 너는 이미 나의
마음속으로 이사 와서
살고있는 너!
그런 너를 내가 사랑한다

너한테도 없는 너를
사랑한다.

전화를 걸고 있는 중

바람 부는 날이면
전화를 걸고 싶다
하늘 맑고 구름 높이 뜬 날이면
더욱 전화를 걸고 싶다

전화 가운데서도 핸드폰으로
멀리, 멀리 있는 사람에게
오래, 오래 잊고 살던
이름조차 가물가물한 사람을 찾아내어

잘 있느냐고
잘 있었다고
잘 있으라고
잘 있을 것이라고

아마도 나는 오늘
바람이 되고 싶고
구름이 되고 싶은가보다
가볍고 가벼운 전화 음성이 되고 싶은가보다

나는 지금 자전거를 끌고
개울길을 따라가면서
너에게 전화를
걸고 있는 중이다.

먼 길

함께 가자
먼 길

너와 함께라면
멀어도 가깝고

아름답지 않아도
아름다운 길

나도 그 길 위에서
나무가 되고

너를 위해 착한
바람이 되고 싶다.

그러므로

너는 비둘기를 사랑하고
초롱꽃을 사랑하고
너는 애기를 사랑하고
또 시냇물 소리와 산들바람과
흰 구름까지를 사랑한다

그러한 너를 내가 사랑하므로
나는 저절로
비둘기를 사랑하고
초롱꽃, 애기, 시냇물 소리,
산들바람, 흰 구름까지를 또
사랑하는 사람이 된다.

바로 말해요

바로 말해요 망설이지 말아요
내일 아침이 아니에요 지금이에요
바로 말해요 시간이 없어요

사랑한다고 말해요
좋았다고 말해요
보고 싶었다고 말해요

해가 지려고 해요 꽃이 지려고 해요
바람이 불고 있어요 새가 울어요
지금이에요 눈치 보지 말아요

사랑한다고 말해요
좋았다고 말해요
그리웠다고 말해요

참지 말아요 우물쭈물하지 말아요
내일에는 꽃이 없어요 지금이에요
있더라도 그 꽃은 아니에요

사랑한다고 말해요
좋았다고 말해요
당신이 오늘은 꽃이에요.

젊은 엄마에게

네가 있어 세상은
다시 한번 새 세상이고
날마다 하루하루는
또 새날이네

아니야 네가
안고 있는 아기가 있어
세상은 다시금
빛나는 세상인 거야

그렇지, 아기는
또 하나의 지구
또 하나의 우주
세상 모든 좋은 것들의 총합

둥글고도 부드럽게
싱그럽고도 아늑하게
고마워 고마워
너와 네 애기에게 고마워.

다시 초보엄마에게

다시 초보엄마야
안녕!

새아기에게 세상이
새롭게 눈을 뜬
세상이 새롭게
눈부시듯이

아기를 따라서
엄마의 세상도
새롭게 눈을 뜨고
새롭게 눈부신
세상이기를!

오늘만 그런 게 아니라
내일도 모레도
오래 오래
그러하기를!

꽃잎 아래

같은 말을 되풀이하고
또 되풀이하고 그런다

꽃이 지고 있다고
꽃잎이 날리고 있다고
비단옷 깃에 바람이 날리고 있다고

가지 말라고
조금만 더 있다가 가라고

사랑한다고
사랑했다고
앞으로도 사랑할 것이라고……

슬픔

정작 누군가가 죽었어도
누군가와 헤어졌어도

그 사람을 사랑했어도
나보다 더 사랑한다고 말을 했어도

시간이 지남에 따라
슬픔과 아픔보다는

배고픈 마음이 더 많아진다는 사실이
문득 나를 슬프게 한다.

아침 식탁에서

아이 둘 낳아 기를 때
나의 아이들 아직 어렸을 때
만약에 우리가 이혼하는 사람들이 되었다면
절대로 자기는 아이들 떼놓고
집을 나가는 사람이 되었을 거라고
아이들 키울 자신이 없어 분명
그렇게 하는 사람이 되었을 것이라는
아내의 말을 듣고 짐짓
가슴이 아리다
그렇다면 우리 집 아이들은
어디서 누구하고 산단 말이냐
아이들 울고불고 길거리를
헤매고 그랬을 일을 생각하면
우리가 젊어서 이혼한 사람들이 아닌 게
참 잘 한 일이지
같이 살아 늙은 사람이 된 것이
참 좋은 일이지
있지도 않았던 일들을 생각하며
가슴 쓸어내리는 어떤 아침이 있었다.

다시 중학생에게

사람이 길을 가다 보면
버스를 놓칠 때가 있단다

잘못 한 일도 없이
버스를 놓치듯
힘든 일 당할 때가 있단다

그럴 때마다 아이야
잊지 말아라

다음에도 버스는 오고
그다음에 오는 버스가 때로는
더 좋을 수도 있다는 것을!

어떠한 경우라도 아이야
너 자신을 사랑하고
이 세상에서 가장 귀한 것이
너 자신임을 잊지 말아라.

명사산 추억

헛소리 하지 말아라
누가 뭐래도 인생은 허무한 것이다
먼지 날리는 이 모래도 한 때는 바위였고
새하얀 조그만 뼈 조각 하나도 한 때는
용사의 어깨였으며 미인의 얼굴이었다

두 번 말하지 말아라
아무리 우겨도 인생은 고해 그것이다
즐거울 생각 아예 하지 말고
좋은 일 너무 많이 꿈꾸지 말아라
해 으스름 녘 모래 능선을 타고 넘어가는
어미낙타의 서러운 울음소리를 들어 보아라

하지만 어디선가 또다시 바람이 인다
높은 가지 나무에 모래바람 소리가 간다
가슴이 따라서 두근거려진다
그렇다면 누군가 두고 온 한 사람이 보고 싶은 거다
또다시 누군가를 다시 사랑하고 싶어
마음이 안달해서 그러는 것이다

꿈꾸라 그리워하라 깊이, 오래 사랑하라
우리가 잠들고 쉬고 잠시 즐거운 것도
다시금 고통을 당하기 위해서이고
고통의 바다 세상 속으로 돌아가기 위함이다
그리하여 또다시 새롭게 꿈꾸고 그리워하고
깊이, 오래 사랑하기 위함이다.

미루나무 길

여름날 한낮이었지요
그대와 둘이서 길을 걸었지요
그대는 양산을 받고 나는 빈손으로

햇빛이 따가우니 그대
양산 밑으로 들어오라 그랬지만
끝내 나는 양산 밑으로
들어가지 않았지요

그렇게 먼 길을 걸었지요
별로 말도 없었지요
이런 모습을 줄지어 선
미루나무들이 보고 있었지요

그런 뒤론 우리들 마음속에도
미루나무 줄 지어선 길이 생기고
우리들도 미루나무 두 그루가 되었지요
오래 오래 그렇게 되어버렸지요.

배꽃 지다

— 하동 꽃길

여기도 하얀 구름 저기도 하얀 구름
눈이 부셔 어디에도 눈 돌릴 곳 하나 없네
얼결에 너무 좋아서 내지르는 소리, 소리!

꽃 좀 봐 배꽃 좀 봐 내 배꼽 좀 보아요
배꽃을 배꼽이라 잘못하여 소리 낸 뒤
까르르 나뭇가지에 새 꽃으로 피어나네

올해도 만났군요 꽃이 되어 오셨군요
소식 없이 왔다가 자취 없이 가는 당신
나 또한 당신 앞에선 꽃으로 지고 싶어.

귀국

꽃이 피면 꽃 보고 싶고
새가 울면 새소리 듣고 싶고
헤어져 있어도 너
보고 싶어 하는 마음이
먼 나라로 떠나게 하고
또 서둘러 집 찾아
돌아오게도 만든다.

무용지물
— 석장리 시편 3

그물을 들고 물고기 잡아
매운탕 좀 끓여 먹어보자고
강가에 나왔다가

강물 속에 노는 물고기들 귀엽고
강물에 빠진 산 그림자 예쁘고
바람까지 좋아서

그것들 바라보며 그것들 함께
노는 일에 그만 빠져서
그물은 펼치지도 못한 채

바람 한 점 나누어 먹고
햇살 한입 받아서 먹다가
다 저녁때 되어서야

빈손으로 일어나 허청허청
집으로 돌아가는 에그 저 무용지물!
노을도 따라가면서 혀를 찬다.

식탁 앞
— 석장리 시편 2

물고기를 먹는다는 것은
물고기를 먹어 치운다는 것이 아니다
우리 스스로 물고기 지느러미가 되고 아가미가 되어
강물을 느끼고 바다를 느낀다는 것이다

그리하여 끝내는
우리도 물고기가 되어보고 강물이 되어보고
바다가 되어본다는 것이다
나아가 한 마리 물고기로
살아보기도 한다는 것이다

한 그릇 쌀밥을 먹을 때도 그렇다
벼가 밥이 되기까지 가졌던 그 모든 고난과 기쁨
기름진 들판의 따가운 햇살이며
싱그러운 바람 그리고
한 톨의 쌀을 위해 흘렸을
고마운 농부의 땀방울을 느껴보아야 하는 것이다

무엇을 먹는다는 것은 결코 허겁지겁

먹어치우는 것이 아니다
그것은 우리가 먹는 그 무엇과
하나가 되는 일이고 협동하는 일이다
거룩한 일이고 성스럽기까지
한 일이다

그렇지 않고서는 오늘 우리에게
희망 같은 것은 없다.

물고기 그림
— 석장리 시편 1

강물에서 바다에서 피둥피둥
헤엄치며 놀던 물고기들 잡아다가
밥상에 올려놓았으니
우리들 밥상이 강물이 되고 바다가 됐지 뭔가
우리도 강물이 되고 바다가 되어보는 거야
아니 물고기로 살아보는 거야
그렇지 않고서는 물고기를 배반하는 일이고
강물과 바다를 실망시키는 일이지 뭐냐

그뿐인가
때로는 하늘을 펄펄 나는 새들을
잡아다가 길러서까지 밥상에 올려놓고
그들의 사랑스런 알까지도 밥상에 올려놓았으니
우리가 이번엔 하늘이 되어보고 새들이 되어보고
새들의 알이 되어보는 거야
아니 그런 모든 것들로 한번 살아보는 거야
그래야 상생이고 동행이 아니겠는가

사과나 배 참외 수박이나 딸기

그런 과일들은 더 말할 것도 없지
우리가 그냥 그런 과일이 되어버리는 거야
과일들이 가졌을 빛나는 시간들을 가지고
과일들과 함께 눈부신 햇살과 맑은 공기와 깨끗한
물이 되어버리는 거야
그렇지 않고서는 정말로 배반이지 찬성이 아니야
찬성! 찬성! 그래 찬성 말이야.

때때로 그런 걸 우리는 공주 석장리 금강변
구석기 박물관 그 어름에 와서
배우고 느끼고 그런다
그래서 우리도 구석기 시대 사람으로
다시금 태어나고 싶어 한다.

인생을 묻는 젊은 벗에게

인생이란 무엇인가?
어떻게 사는 인생이 좋은 인생인가?
제대로 아는 사람이 몇이나 되고
답을 말해줄 사람 몇이나 될까?

인생이 무엇인지 알지 못해도
사람들은 지금까지 좋은 인생을 살다 갔고
앞으로도 사람들은 좋은 인생을
살다 갈 것이다

그야말로 인생은 무정의용어
그냥 인생이면 인생인 바로 그것
하루하루 열심히 살아보는 거다

슬퍼할 일을 슬퍼하고
기뻐할 일을 기뻐하고
괴로워 할 일을 괴로워하면서
순간순간을 정직하게
예쁘게 살아보는 거다

그러다 보면 저절로

인생이 인생다워지고

인생이 무엇인지 알게 되지 않을까!

인생이 무엇인지 묻는 젊은 벗이여

인생은 그냥 인생

인생은 그냥 너 자신

열심히 살아보자

삶 그것이 그대로 인생이 아니겠는가.

봄비

사랑이 찾아올 때는
엎드려 울고

사랑이 떠나갈 때는
선 채로 울자

그리하여 너도 씨앗이 되고
나도 씨앗이 되자

끝내는 우리가 울울창창
서로의 그늘이 되자.

오늘의 꽃

웃어도 예쁘고
웃지 않아도 예쁘고
눈을 감아도 예쁘다

오늘은 네가 꽃이다.

산수유

아프지만 다시 봄

그래도 시작하는 거야
다시 먼 길 떠나보는 거야

어떠한 경우에도 나는
네 편이란다.

잘람잘람

어머니, 어머니
샘물가에서 물동이로
물을 기를 때

물동이에 가득 채운 물
머리에 이고 가기 전
넘치지 않게 하기 위하여
물동이 주둥이를 손바닥으로
슬쩍 훑어내듯이

오늘 내가 너에게
주는 마음은 잘람잘람
그렇지만 넘치지 않게

오늘 내가 너에게
주는 시도 잘람잘람
그렇지만 넘치지 않게.

도화동

또 한 차례 인천에 다녀왔다
주안역 다음이 도화역
아직도 도화동 그 이름이
전철역으로 남아있구나
왈칵 그립고 반가운 마음
좋아하는 여자네 집이 있던 도화동
유난히도 춥던 겨울날
외투도 입지 않고
찾아갔던 그 여자네 집
끝내 허락을 받지 못하여
울면서 쫓겨난 그 여자네 집
어렵사리 방앗간 일을 해서
자식들 잘 키우고 가르친
그 여자네 아버지
나같이 장래성 없어 보이는
시골청년에겐 딸을 줄 수 없다고
매몰차게 내쫓았던 그 여자네 아버지
그 때는 그것이 그렇게도
섭섭하고 원망스러웠는데

나도 나중에 딸을 낳아 기르다보니
조금씩 이해가 되기도 했지
그날 눈 속에 피었던 새빨간 동백꽃은
지금도 꽃을 피우고 있을까?
눈물 나도록 왈칵 그리운 도화동
내 가난하고도 춥고 슬픈
젊은 날이 가서 살고 있는
옛날의 인천 그 도화동
이름만이라도 잘 있거라
마음속 손을 흔든다.

쪽지글

나 죽으면 울어줄 사람 위하여
이 쪽지를 남긴다

나 죽어도 오래 잊지 않을 사람 위하여
마음을 담는다

너를 만난 것이 세상에서 가장 좋았던 일
널 사랑해서 고마웠고 행복했다

나 없는 세상에서라도 너무
힘들어 하지는 말아라

예쁘게 잘 살아라
하늘에서 내려다본다.

인생 2

애야, 너는 머리가
좋은 아이가 아냐

노력을 하니까
그만큼이나 하는 거야

어려서 외할머니
그 말씀이 나의 길이 되었다.

고등어 산다

맨드라미 피어서 붉은
9월도 초순의 저녁 무렵
제민천 따라서 자전거 타고
하루해도 기울어 집에 가다가
간고등어 안동 간고등어
네 손에 만원 외치는 소리
자전거 내려서 고등어 산다

집에 사 가지고 가보았자
먹을 입도 없는데 무엇을
이런 거 사왔느냐 집사람
핀잔하고 외면할지 몰라도
어려서 외할머니 밥상에서
수저에 얹어주시던 고등어
생각이 나서 문득 고등어 산다.

비파나무

왜 여기 서 있느냐
묻지 마세요
왜 잎이 푸르고
꽃을 피웠느냐
따지지 마세요

당신이 오기 기다려
여기 서 있고
당신 생각하느라
꽃을 피웠을 뿐이에요.

어린 낙타 2

날마다 네 마음속
어린 낙타 한 마리를 깨워
길을 떠나라
아직은 어린 낙타이니
그의 등에 올라타지는 말고
옆에 서서 함께 걸어라
낙타가 걸으면 걷고
낙타가 쉬면 쉬고
낙타가 바라보는 곳을
따라서 바라볼 일이다
때로는 낙타가 뜯어먹는
낙타 풀도 먹어야 하겠지만
부디 입술이나 잇몸에서
피가 나지 않도록 조심해라
네 마음속 어린 낙타 한 마리가
너의 스승이며 이웃이며
처음이자 마지막
길동무임을 잊지 말아라.

어린 낙타 1

마음속에 낙타 한 마리
살고 있었네
어리고도 순한 낙타
세상물정 모르고
오직 세상한테
사랑받기만을 꿈꾸던 낙타

쉽사리 세상한테
사랑받을 수 없었네
타박타박 걸으며 걸으며
어른 낙타가 되었고
늙은 낙타가 되었네

가도 가도 목마른 날들
팍팍한 발걸음
세상은 또 하나의 사막
어디에도 쉴 만한 그늘은 없고
주저앉을 의자 하나
마련되어 있지 않았네

오늘도 늙은 낙타 사막을 가네
물 없는 길 사랑 없는 길
세상한테 사랑받고 싶은 마음 하나
세상 속으로 길 떠나네
사막의 길 걷고 또 걷네.

화엄

꽃장엄이란 말
가슴이 벅찹니다

꽃송이 하나하나가
세상이요 우주라지요

아, 아, 아,
그만 가슴이 열려

나도 한 송이 꽃으로 팡!
터지고 싶습니다.

그 말

보고 싶었다
많이 생각이 났다

그러면서도 끝까지
남겨두는 말은
사랑한다
너를 사랑한다

입속에 남아서 그 말
꽃이 되고
향기가 되고
노래가 되기를 바란다.

기도의 자리

눈물 나리
하늘의 별 하나 밤을 새워
나를 보고 반짝인다
생각해봐

눈물 나리
어딘가 나 한 사람 위해
누군가 울고 있다
생각해봐

처음부터 기도는
거기에 있었다.

사랑에 답함

예쁘지 않은 것을 예쁘게
보아주는 것이 사랑이다

좋지 않은 것을 좋게
생각해주는 것이 사랑이다

싫은 것도 잘 참아주면서
처음만 그런 것이 아니라

나중까지 아주 나중까지
그렇게 하는 것이 사랑이다.

저녁에

저녁에 잠든다는 건
내일의 소망을
가슴에 안는다는 일이고

오늘의 잘못들을
스스로 용서하고
잊는다는 것이다.

동행

어머니는 언제 죽나?
내가 죽을 때 죽지.

여행의 끝

어둔 밤길 잘 들어갔는지?

걱정은 내 몫이고
사랑은 네 차지

부디 피곤한 밤
잠이나 잘 자기를…….

우리들의 푸른 지구 2

사랑한다는 말 대신에 하는 말
우리 오래 만나자

사랑하겠다는 말 대신에 하는 대답
우리 함께 오래 있어요

날마다 푸른 지구
내일 더욱 푸른 지구

오늘은 네가 나에게 지구이고
내가 너에게 지구이다.

우리들의 푸른 지구 1

내가 너를 생각하는 동안만
지구는 건강하게 푸르다

내가 너를 사랑하는 동안만
우주는 편안하게 미소 짓는다

오늘 비록 멀리 있어도 우리는
결코 멀리 있는 것이 아니다

푸르고 건강한 지구
그 숨결 안에서 우리들 또한 푸르다.

너를 두고

세상에 와서
내가 하는 말 가운데서
가장 고운 말을
너에게 들려주고 싶다

세상에 와서
내가 가진 생각 가운데서
가장 예쁜 생각을
너에게 주고 싶다

세상에 와서
내가 할 수 있는 표정 가운데
가장 좋은 표정을
너에게 보이고 싶다.

이것이 내가 너를
사랑하는 진정한 이유
나 스스로 네 앞에서 가장
좋은 사람이 되고 싶은 소망이다.

끝끝내

너의 얼굴 바라봄이 반가움이다
너의 목소리 들음이 고마움이다
너의 눈빛 스침이 끝내 기쁨이다

끝끝내

너의 숨소리 듣고 네 옆에
내가 있음이 그냥 행복이다
이 세상 네가 살아있음이
나의 살아있음이고 존재이유다.

꽃들아 안녕

꽃들에게 인사할 때
꽃들아 안녕!

전체 꽃들에게
한꺼번에 인사를
해서는 안 된다

꽃송이 하나하나에게
눈을 맞추며
꽃들아 안녕! 안녕!

그렇게 인사함이
백번 옳다.

혼자서

무리 지어 피어 있는 꽃보다
두 셋이서 피어 있는 꽃이
도란도란 더 의초로울 때 있다

두 셋이서 피어 있는 꽃보다
오직 혼자서 피어있는 꽃이
더 당당하고 아름다울 때 있다

너 오늘 혼자 외롭게
꽃으로 서 있음을 너무
힘들어 하지 말아라.

꽃 3

예뻐서가 아니다
잘나서가 아니다
많은 것을 가져서도 아니다
다만 너이기 때문에
네가 너이기 때문에
보고 싶은 것이고 사랑스런 것이고 안쓰러운 것이고
끝내 가슴에 못이 되어 박히는 것이다
이유는 없다
있다면 오직 한 가지
네가 너라는 사실!
네가 너이기 때문에
소중한 것이고 아름다운 것이고 사랑스런 것이고 가득한 것
이다
꽃이여, 오래 그렇게 있거라.

꽃 2

예쁘다는 말을
가볍게 삼켰다

안쓰럽다는 말을
꿀꺽 삼켰다

사랑한다는 말을
어렵게 삼켰다

섭섭하다, 안타깝다,
답답하다는 말을 또 여러 번
목구멍으로 넘겼다

그리고서 그는 스스로 꽃이 되기로 작정했다.

꽃신

꽃을 신고 오시는 이
누구십니까?

아, 저만큼
봄님이시군요!

어렵게 어렵게 찾아 왔다가
잠시 있다 떠나가는 봄

짧기에 더욱 안타깝고
안쓰러운 사랑

사랑아 너도 갈 때는
꽃신 신고 가거라.

별 3

　우리는 한 사람씩 우주공간을 흐르는 별이다. 머언 하늘 길을 떠돌다 길을 잘못 들어 여기 이렇게 와 있는 별들이다. 아니다. 우리는 오래 전부터 서로 그리워하고 소망했기에 여기 이렇게 한 자리에서 만나게 된 별들이다.

　그러니 너와 나는 기적의 별들이 아닐 수 없다. 하늘길 가는 별들은 다만 반짝일 뿐 서러운 마음 외로운 마음을 가지지 않는 별들이다. 그러나 우리는 순간순간 외로워하고 서러워할 줄 아는 별들이다. 안타까워할 줄도 아는 별들이다. 그러니 우리가 얼마나 사랑스런 별들이겠는가!

　부디 편안한 마음으로 따뜻한 마음으로 잠시 그렇게 머물다 가기 바란다. 오직 사랑스런 마음으로 기쁜 마음으로 내 앞에 잠시 그렇게 있다가 가기 바란다. 굳이 재촉하지 않아도 이별의 시간은 빠르게 오고 우리는 그 명령을 따라야만 한다. 그리하여 너는 너의 하늘 길을 가야하고 나는 또 나의 하늘 길을 열어야 한다.

　우리가 앞으로 다시 만난다는 기약은 바랄 수도 없는 일이다.

어쩌면 이것이 처음이자 마지막 만남일 수도 있겠다. 그리하여 우리는 앞으로도 오래 외롭고 서럽고 안타깝기까지 할 것이다. 부디 너 오늘 우리가 이 자리 이렇게 지극히 정답게 아름답게 만났던 일들을 잊지 말기 바란다. 오늘 우리의 만남을 기억한다면 앞으로도 많은 날 외롭고 서럽고 안타까운 순간에도 그 외로움과 서러움과 안타까움이 조금은 줄어들 것이다.

나도 하늘 길 흐르다가 멀리 아주 멀리 반짝이는 별 하나 찾아낸다면 그것이 진정 너의 별인 줄 알겠다. 나의 생각과 그리움이 머물러 그 별이 더욱 밝은 빛으로 반짝일 때 너도 나를 알아보고 나를 향해 웃음 짓는 것이라 여기겠다. 앞으로도 우리 오래도록 반짝이면서 외로워하기도 하고 서러워하기도 하자.

오늘 우리가 여기서 이렇게 헤어지고 난다면 어디서 또 다시 만난다 하겠는가? 잡았던 손 뿌리치고 나면 언제 또 그 손을 잡을 날 있다 하겠는가? 너무도 사랑스럽고 어여쁜 너. 오직 기적의 별인 너. 많이 반짝이는 너의 별을 데리고 이제는 너의 길을 가라. 나도 나의 길을 가련다. 아이야, 오늘은 여기서 안녕히! 나에게도 안녕히!

제비꽃 사랑

감춰놓고 기르는
딸아이 보듯

너를 본다

봄은 왔느냐?
또다시 통곡처럼
봄은 오고야 말았느냐?

어미 잃은
딸아이 보듯

숨어서 너를 본다.

이별

지구라는 별
오늘이라는 하루
두 번 다시 만나지 못할
정다운 사람인 너

네 앞에 있는 나는 지금
울고 있는 거냐?
웃고 있는 거냐?

사랑이 올 때

가까이 있을 때보다
멀리 있을 때
자주 그의 눈빛을 느끼고

아주 멀리 헤어져 있을 때
그의 숨소리까지 듣게 된다면
분명히 당신은 그를
사랑하기 시작한 것이다

의심하지 말아라
부끄러워 숨기지 말아라
사랑은 바로 그렇게 오는 것이다

고개 돌리고
눈을 감았음에도 불구하고.

이 가을에

아직도 너를
사랑해서 슬프다.

여행

떠나 온 곳으로 다시는
돌아갈 수 없다는 걸 알기까지는
많은 시간이 필요했다.

감사

이만큼이라도 남겨주셨으니
얼마나 좋은가!

지금이라도 다시 시작할 수 있으니
얼마나 더 좋은가!

이 봄날에

봄날에, 이 봄날에
살아만 있다면
다시 한번 실연을 당하고
밤을 새워
머리를 벽에 쥐어박으며
운다 해도 나쁘지 않겠다.

산책

백합꽃 향기 너무 진하여 저녁때
대문이 절로 열렸네.

꽃 1

다시 한번만 사랑하고
다시 한번만 죄를 짓고
다시 한번만 용서를 받자

그래서 봄이다.

그날 이후

병원에 다녀온 뒤 몸이 더 작아졌고
직장을 그만둔 뒤 마음이 더 작아졌다

날마다 집에서만 지내다가
가끔은 아내 따라 시장에도 간다

아내가 생선을 사면 그것을 들고 다니고
아내가 잔치국수를 먹자 그러면 잔치국수를 먹는다

잔치국수값은 2천 5백 원
오늘은 이것으로 배가 부르다.

— 그 뒤 어느 날. 국숫집에 다시 가 보았더니 국숫값이 3천 원으로 올라 있었
다. 그래도 여전히 잔치국수는 맛이 있었다. (2009.7.25)

동백

1
짧게 피었다 지기에
꽃이다

잠시 머물다 가기에
사랑이다

눈보라 먼지 바람 속
피를 삼킨 통곡이여.

2
봄이 오기도 전에
꽃이 피었다
너를 생각하는
나의 마음
눈 속에서도 붉은 심장을
내다 걸었다.

부부

오래고도 가늘은 외길이었다

어렵게, 어렵게 만나 자주
다투고 울고 화해하고 더러는
웃기도 하다가 이렇게 늙어버렸다

고맙습니다.

두 여자

한 여자로부터
버림받는 순간
나는 시인이 되었고

한 여자로부터
용납되는 순간
나는 남편이 되었다.

오리 세 마리

어떻게 알고 찾아왔는지
산골 저수지에 오리 세 마리

저렇게 오리가 세 마리면
짝이 안 맞아 싸우지 않을까?

아니야, 아닐 거야
저 가운데 한 마리는 애기오리

엄마 아빠 사이에 끼어
세 마리가 더욱 정다울 거야.

황홀 극치

황홀, 눈부심
좋아서 어쩔 줄 몰라 함
좋아서 까무러칠 것 같음
어쨌든 좋아서 죽겠음

해 뜨는 것이 황홀이고
해 지는 것이 황홀이고
새 우는 것 꽃 피는 것 황홀이고
강물이 꼬리를 흔들며 바다에
이르는 것 황홀이다

그렇지, 무엇보다
바다 울렁임, 일파만파, 그곳의 노을,
빠져 죽어버리고 싶은 충동이 황홀이다

아니다, 내 앞에
웃고 있는 네가 황홀, 황홀의 극치다

도대체 너는 어디서 온 거냐?

어떻게 온 거냐?

왜 온 거냐?

천 년 전 약속이나 이루려는 듯.

연

오래
기다리셨습니다

드릴 것은
조그만 마음뿐입니다

부디 오래
머물다 가십시오

바람에겐 듯
사랑에겐 듯.

여인

품 안에
뭉클
안기는 바다

엎질어질라.

사는 법

그리운 날은 그림을 그리고
쓸쓸한 날은 음악을 들었다

그리고도 남는 날은
너를 생각해야만 했다.

사랑은 언제나 서툴다

서툴지 않은 사랑은 이미
사랑이 아니다
어제 보고 오늘 보아도
서툴고 새로운 너의 얼굴

낯설지 않은 사랑은 이미
사랑이 아니다
금방 듣고 또 들어도
낯설고 새로운 너의 목소리

어디서 이 사람을 보았던가…
이 목소리 들었던가…
서툰 것만이 사랑이다
낯선 것만이 사랑이다

오늘도 너는 내 앞에서
다시 한 번 태어나고
오늘도 나는 네 앞에서
다시 한번 죽는다.

너에게 감사

사랑하는 사람들 사이에서는
더 많이 사랑하는 사람이
단연코 약자라는 비밀

어제도 지고
오늘도 지고
내일도 지는 일방적인 줄다리기

지고서도 오히려
기분이 나쁘지 않고
홀가분하기까지 한 게임

사랑하는 사람들 사이에서는
더 많이 지는 사람이
끝내는 승자라는 비밀

그걸 깨닫게 해준 너에게
감사한다.

너도 제비꽃

숨겨서 기르는 딸아이처럼
몰래 만나는 애인처럼
섧은 눈 섧은 이마
섧은 눈꼬리
봄은 너한테도 또다시
서럽게 왔다가 갔느냐?

선물 2

나에게 이 세상은 하루하루가 선물입니다
아침에 일어나 만나는 밝은 햇빛이며 새소리,
맑은 바람이 우선 선물입니다

문득 푸르른 산 하나 마주했다면 그것도 선물이고
서럽게 서럽게 뱀 꼬리를 흔들며 사라지는
강물을 보았다면 그 또한 선물입니다

한낮의 햇살 받아 손바닥 뒤집는
잎사귀 넓은 키 큰 나무들도 선물이고
길 가다 발밑에 깔린 이름 없어 가여운
풀꽃들 하나하나도 선물입니다

무엇보다도 먼저 이 지구가 나에게 가장 큰 선물이고
지구에 와서 만난 당신,
당신이 우선적으로 가장 좋으신 선물입니다

저녁 하늘에 붉은 노을이 번진다 해도 부디
마음 아파하거나 너무 섭하게 생각지 마서요

나도 또한 이제는 당신에게
좋은 선물이었으면 합니다.

눈사람

밤을 새워 누군가 기다리셨군요
기다리다가 기다리다가 그만
새하얀 사람이 되고 말았군요
안쓰러운 마음으로 장갑을 벗고
손을 내밀었을 때
당신에겐 손도 없고
팔도 없었습니다.

아버지 2

왠지 네모지고 딱딱한 이름입니다

조금씩 멀어지면서 둥글어지고
부드러워지는 이름입니다

끝내 세상을 놓은 다음
사무치게 그리워지는 이름이기도 하구요

아버지, 이런 때
당신이었다면 어떻게 하셨을까요?

마음속으로 당신 음성을 기다립니다.

아버지 1

햇빛이 너무 좋아요, 아버지
어제까지 보지 못하던 꽃들이 피었구요, 아버지

오늘 아침엔 우리집 향나무 울타리에
이름 모를 새들이 한참동안 울다가 갔어요

환한 대낮에는 견딜 만하다가도
아침저녁으로는 못 견디겠는 마음이에요

아침 밥상 앞에 보이지 않는 아버지를 문득 찾고요
어두워지는 대문간에 저벅저벅 발자국 소리 들어요

지금은 눈물도 그쳤구요, 아버지
그냥 보고 싶기만 할 뿐이에요.

화살기도

아직도 남아있는 아름다운 일들을
이루게 하여 주소서
아직도 만나야 할 좋은 사람들을
만나게 하여 주소서
아멘이라고 말할 때
네 얼굴이 떠올랐다
퍼뜩 놀라 그만 나는
눈을 뜨고 말았다.

개양귀비

생각은 언제나 빠르고
각성은 언제나 느려

그렇게 하루나 이틀
가슴에 핏물이 고여

흔들리는 마음 자주
너에게 들키고

너에게로 향하는 눈빛 자주
사람들한테도 들킨다.

멀리

내가 한숨 쉬고 있을 때
저도 한숨 쉬고 있으리
꽃을 보며 생각한다

내가 울고 있을 때
저도 울고 있으리
달을 보며 생각한다

내가 그리운 마음일 때
저도 그리운 마음이리
별을 보며 생각한다

너는 지금 거기
나는 지금 여기.

목련꽃 낙화

너 내게서 떠나는 날
꽃이 피는 날이었으면 좋겠네
꽃 가운데서도 목련꽃
하늘과 땅 위에 새하얀 꽃등
밝히듯 피어오른 그런
봄날이었으면 좋겠네

너 내게서 떠나는 날
나 울지 않았으면 좋겠네
잘 갔다 오라고 다녀오라고
하루치기 여행을 떠나는 사람
가볍게 손 흔들듯 그렇게
떠나보냈으면 좋겠네

그렇다 해도 정말
마음속에서는 너도 모르게
꽃이 지고 있겠지
새하얀 목련꽃 흐득흐득
울음 삼키듯 땅바닥으로
떨어져 내려앉겠지.

나무

너의 허락도 없이
너에게 너무 많은 마음을
주어버리고
너에게 너무 많은 마음을
뺏겨버리고
그 마음 거두어들이지 못하고
바람 부는 들판 끝에 서서
나는 오늘도 이렇게 슬퍼하고 있다
나무되어 울고 있다.

한 소망

어디서 많이 들어본 말을 빌려
소망한다
저가 나에게 필요한
사람이기보다는
내가 저에게 필요한
사람이게 하소서
이 세상 끝 날까지
기린과 너구리와 뱁새와
생쥐와 함께.

비밀일기 2

나는 흰 구름에 관심이 많은 사람이라고
말을 했다

너는 자동차나 집에 더 관심이 많은 사람이라고
말을 받았다

그러면 사는 일이 고달플 텐데……
그래도 제 분수껏 잘 살아요

활짝 웃으며 대답하는 너의 얼굴이
더욱 예뻐 보였다.

비밀일기 1

하나님 딱 한 번만 눈감아 주십시오

햇빛 밝은 세상에 숨 쉬고 있는 동안
이 조그만 여자 하나
가슴에 품고 살아가는 죄 하나만
용서하십시오

키가 작은 여자
눈이 작은 여자
꿈조차 작은 여자

잠시만 이 여자 사랑하다 감을 용서하소서.

너도 그러냐

나는 너 때문에 산다

밥을 먹어도
얼른 밥 먹고 너를 만나러 가야지
그러고
잠을 자도
얼른 날이 새어 너를 만나러 가야지
그런다

네가 곁에 있을 때는 왜
이리 시간이 빨리 가나 안타깝고
네가 없을 때는 왜
이리 시간이 더딘가 다시 안타깝다

멀리 길을 떠나도 너를 생각하며 떠나고
돌아올 때도 너를 생각하며 돌아온다
오늘도 나의 하루해는 너 때문에 떴다가
너 때문에 지는 해이다

너도 나처럼 그러냐?

살아갈 이유

너를 생각하면 화들짝
잠에서 깨어난다
힘이 솟는다

너를 생각하면 세상 살
용기가 생기고
하늘이 더욱 파랗게 보인다

너의 얼굴을 떠올리면
나의 가슴은 따뜻해지고
너의 목소리 떠올리면
나의 가슴은 즐거워진다

그래, 눈 한번 질끈 감고
하나님께 죄 한 번 짓자!
이것이 이 봄에 또 살아갈 이유다.

떠난 자리

나 떠난 자리
너 혼자 남아
오래 울고 있을 것만 같아
나 쉽게 떠나지 못한다, 여기

너 떠난 자리
나 혼자 남아
오래 울고 있을 것 생각하여
너도 울먹이고 있는 거냐? 거기.

한 사람 건너

한 사람 건너 한 사람
다시 한 사람 건너 또 한 사람

애기 보듯 너를 본다

찡그린 이마
앙다문 입술
무슨 마음 불편한 일이라도
있는 것이냐?

꽃을 보듯 너를 본다.

좋다

좋아요

좋다고 하니까 나도 좋다.

혼자 있는 날

아침에도 너를 생각하고
저녁에도 너를 생각하고
한낮에도 너를 생각한다

보이는 것마다 너의 모습
들리는 것마다 너의 목소리

너, 지금
어디 있느냐?

첫눈

요즘 며칠 너 보지 못해
목이 말랐다

어제 밤에도 깜깜한 밤
보고 싶은 마음에
더욱 깜깜한 마음이었다

몇날 며칠 보고 싶어
목이 말랐던 마음
깜깜한 마음이
눈이 되어 내렸다

네 하얀 마음이 나를
감싸 안았다.

섬

너와 나
손잡고 눈 감고 왔던 길

이미 내 옆에 네가 없으니
어찌할까?

돌아가는 길 몰라 여기
나 혼자 울고만 있네.

가을밤

너 없이 나 어찌 살꼬?

나무에서 나뭇잎
밤을 새워 내려앉는데

나 없이 너 어찌 살꼬?

밤을 새워 별들은
더욱 멀리 빛이 나는데.

날마다 기도

간구의 첫 번째 사람은 너이고
참회의 첫 번째 이름 또한 너이다.

핸드폰 시
— 구름

구름 높은 구름
좋다 내 마음도 높이 떴다

구름 하얀 구름
좋다 내 마음도 하얗다

거기 너도 있다
좋다 너도 웃는 얼굴이다.

못난이 인형

못나서 오히려 귀엽구나
작은 눈 찌푸러진 얼굴

애게게 금방이라도 울음보
터뜨릴 것 같네

그래도 사랑한다 애야
너를 사랑한다.

꽃그늘

아이한테 물었다

이담에 나 죽으면
찾아와 울어줄 거지?

대답 대신 아이는
눈물 고인 두 눈을 보여주었다.

별 2

제비꽃 같이
꽃다지 같이

작고도 못생긴
아이

왜 거기
있는 거냐?

왜 거기 울먹울먹
그러고 있는 거냐?

별 1

너무 일찍 왔거나 너무 늦게 왔거나
둘 중에 하나다
너무 빨리 떠났거나 너무 오래 남았거나
또 그 둘 중에 하나다

누군가 서둘러 떠나간 뒤
오래 남아 빛나는 반짝임이다

손이 시려 손조차 맞잡아 줄 수가 없는
애달픔
너무 멀다 너무 짧다
아무리 손을 뻗쳐도 잡히지 않는다

오래오래 살면서 부디 나
잊지 말아다오.

눈 위에 쓴다

눈 위에 쓴다
사랑한다 너를
그래서 나 쉽게
지구라는 아름다운 별
떠나지 못한다.

2

서양 붓꽃

거짓말인 줄 알면서도
눈물 납니다

꽃이 진다고 세상이
달라질 것도 없는데

가슴이 미어집니다.

연애

날마다 잠에서
깨어나자마자 당신 생각을
마음 속 말을 당신과 함께
첫 번째 기도를 또 당신을 위해

그런 형벌의 시절도 있었다.

섬에서

그대, 오늘

볼 때마다 새롭고
만날 때마다 반갑고
생각날 때마다 사랑스런
그런 사람이었으면 좋겠습니다

풍경이 그러하듯이
풀잎이 그렇고
나무가 그러하듯이.

그리움 2

가지 말라는데 가고 싶은 길이 있다
만나지 말자면서 만나고 싶은 사람이 있다
하지 말라면 더욱 해보고 싶은 일이 있다

그것이 인생이고 그리움
바로 너다.

꽃피는 도화동

끝내 말하고 싶지 않았다

내 스물다섯 살 1월의 인천시, 번지수도 잊어먹은 도화동
한 처녀한테 반해 사랑을 구걸하러 가는 길이었다
싸구려 모직 밤색 양복 차려입고
단도직입으로 처녀의 부모 허락을 얻으러 가던 길이었다

꼬불꼬불 염소 창자처럼 길고도 가느른 길을 따라
겨울철이라 깊게 그늘이 드리워져 있었고
처음 보는 집들이 다닥다닥 붙어 있던 골목길 끄트머리
밀가루방앗간 안집이 처녀네 집이었다

그러나 끝내 거절당하고 말았다 울면서 돌아서야만 했다
낯선 고장의 찬바람에 두 볼이 얼어
겨울철인데도 복사꽃이 마구 피어나고 있었다
복사꽃잎은 눈 위에 떨어지면서 얼음이 되고 있었다

지금도 찾아가면 분명 그 자리에 있을 것만 같은
인천시 도화동 밀가루방앗간 안집

내가 처음 사랑을 고백하고 거절당했던 처녀네 집
코가 발름하고 두 볼이 언제나 볼그레했던 제물포 처녀

끝내 잊을 수 있었던 건 아니었다.

멀리서 빈다

어딘가 내가 모르는 곳에
보이지 않는 꽃처럼 웃고 있는
너 한 사람으로 하여 세상은
다시 한 번 눈부신 아침이 되고

어딘가 네가 모르는 곳에
보이지 않는 풀잎처럼 숨 쉬고 있는
나 한 사람으로 하여 세상은
다시 한 번 고요한 저녁이 온다

가을이다, 부디 아프지 마라.

완성

집에 밥이 있어도 나는
아내 없으면 밥을 먹지 않는 사람

내가 데려다 주지 않으면 아내는
서울 딸네 집에도 가지 못하는 사람

우리는 이렇게 함께 살면서
반편이 인간으로 완성되고 말았다.

십일월

돌아가기엔 이미 너무 많이 와버렸고
버리기에는 차마 아까운 시간입니다

어디선가 서리 맞은 어린 장미 한 송이
피를 문 입술로 이쪽을 보고 있을 것만 같습니다

낮이 조금 더 짧아졌습니다
더욱 그대를 사랑해야 하겠습니다.

은빛

눈이 내리다 말고 달이 휘영청 밝았다

밤이 깊을수록 저수지 물은
더욱 두껍게 얼어붙어
쩡, 쩡, 저수지 중심으로 모여드는 얼음의
등 터지는 소리가 밤새도록 무서웠다

그런 밤이면 머언 골짝에서
여우 우는 소리가 들리고
하행선 밤기차를 타고 가끔
서울 친구가 찾아오곤 했다

친구는 저수지 길을 돌아서 왔다고 했다

그런 밤엔 저수지도 은빛
여우 울음소리도 은빛
사람의 마음도 분명 은빛
한가지였을 것이다.

먼 곳

어려서 외할머니와 둘이
오막살이집에서 살 때
자주 외할머니와 뒷동산에 올라
먼 곳을 바라보곤 했다

가을날 같은 때 군청색 굼실굼실
물결쳐간 산봉우리들 너머
외할머니도 먼 곳을 바라보고
나도 먼 곳을 바라보고 있었다

외할머니가 바라본 먼 곳이
어떤 것인지는 모른다
그러나 나는 마음속으로 아라비아사막이거나
스위스 같은 곳을 먼 곳이라고 꿈꾸곤 했다

그 뒤로 나는 먼곳을 많이 다녀보았다
여러 날 먼 곳을 서성이는 사람이 되기도 했다
지금은 또 그 먼 곳에서 살고 있다

생각해보니 외할머니와 살던

오막살이집이 먼 곳이고

외할머니와 함께 올라 먼 곳을 바라보던

뒷동산이 먼 곳이었다.

유언시
— 아들에게 딸에게

아들아 딸아, 지구라는 별에서 너희들
애비로 만난 행운을 감사한다
애비의 삶 길고 가느른 강물이었다
약관의 나이, 문학에의 꿈을 품고 교직에 들어와
43년 넘게 밥을 벌어먹고 살았으며
시인교장이란 말을 들을 때가 가장 좋은 시절이었지 싶다

그 무엇보다도 한 사람 시인으로 기억되기를 희망한다
우렁차고 커다란 소리를 내는 악기보다는 조그맣고 고운
소리를 내는 악기이고 싶었다
아들아, 이후에도 애비의 이름을 기억하는 사람을 만나거든
함부로 대하지 않기를 부탁한다
딸아, 네가 나서서 애비의 글이나 인생을 말하지 않기를 바란
다

나의 작품은 내가 숨이 있을 때도 나의 소유가 아니고
내가 지상에서 사라진 뒤에도 나의 것이 아니다
저희들끼리 어울려 잘 살아가도록 내버려 두거라
민들레 홀씨가 되어 날아가든 느티나무가 되든 종소리가 되어

사라지고 말든 내버려 두거라.

인생은 귀한 것이고 참으로 아름다운 것이란 걸
너희들도 이미 알고 있을 터,
하루하루를 이 세상 첫날처럼 맞이하고
이 세상 마지막 날처럼 정리하면서 살 일이다
부디 너희들도 아름다운 지구에서의 날들
잘 지내다 돌아가기를 바란다
이담에 다시 만날 지는 나도 잘 모르겠구나.

인생 1

화창한 날씨만 믿고
가벼운 옷차림과 신발로 길을 나섰지요
향기로운 바람 지저귀는 새소리 따라
오솔길을 걸었지요

멀리 갔다가 돌아오는 길
막판에 그만 소낙비를 만났지 뭡니까

하지만 나는 소낙비를 나무라고 싶은
생각이 별로 없어요
날씨 탓을 하며 날씨한테 속았노라
말하고 싶지도 않아요

좋았노라 그마저도 아름다운 하루였노라
말하고 싶어요
소낙비 함께 옷과 신발에 묻어온
숲 속의 바람과 새소리

그것도 소중한 나의 하루

나의 인생이었으니까요.

너무 그러지 마시어요

너무 그러지 마시어요. 너무 섭섭하게 그러지 마시어요. 하나님, 저에게가 아니에요. 저의 아내 되는 여자에게 그렇게 하지 말아달라는 말씀이에요. 이 여자는 젊어서부터 병과 더불어 약과 더불어 산 여자예요. 세상에 대한 꿈도 없고 그 어떤 사람보다도 죄를 안 만든 여자예요. 신장에 구두도 많지 않은 여자구요, 장롱에 비싸고 좋은 옷도 여러 벌 가지지 못한 여자예요. 한 남자의 아내로서 그림자로 살았고 두 아이의 엄마로서 울면서 기도하는 능력밖엔 없는 여자이지요. 자기 이름으로 꽃밭 한 평, 채전밭 한 귀퉁이 가지지 못한 여자예요. 남편 되는 사람이 운전조차 할 줄 모르는 쑥맥이라서 언제나 버스만 타고 다닌 여자예요. 돈을 아끼느라 꽤나 먼 시장 길도 걸어다니고 싸구려 미장원에만 골라 다닌 여자예요. 너무 그러지 마시어요. 가난한 자의 기도를 잘 들어 응답해주시는 하나님, 저의 아내 되는 사람에게 너무 섭섭하게 그러지 마시어요.

집

얼마나 떠나기 싫었던가!
얼마나 돌아오고 싶었던가!

낡은 옷과 낡은
신발이 기다리는 곳

여기,
바로 여기.

다시 9월이

기다리라, 오래 오래
될 수 있는 대로 많이
지루하지만 더욱

이제 치유의 계절이 찾아온다
상처받은 짐승들도
제 혀로 상처를 핥아
아픔을 잊게 되리라

가을 과일들은
봉지 안에서 살이 오르고
눈이 밝고 다리 굵은 아이들은
멀리까지 갔다가 서둘러 돌아오리라

구름 높이, 높이 떴다
하늘 한 가슴에 새하얀
궁전이 솟았다

이제 제각기 가야할 길로

가야 할 시간

기다리라, 더욱

오래오래 그리고 많이.

희망

날이 개면 시장에 가리라
새로 산 자전거를 타고
힘들여 페달을 비비며

될수록 소로길을 찾아서
개울길을 따라서
흐드러진 코스모스 꽃들
새로 피어나는 과꽃들 보며 가야지

아는 사람을 만나면 자전거에서 내려
악수를 청하며 인사를 할 것이다
기분이 좋아지면 휘파람이라도 불 것이다

어느 집 담장 위엔가
넝쿨콩도 올라와 열렸네
석류도 바깥세상이 궁금한지
고개 내밀고 얼굴 붉혔네

시장에 가서는

아내가 부탁한 반찬거리를 사리라

생선도 사고 채소도 사 가지고 오리라.

가을 들길

돌아앉은 사람
오래 전에 버려진 약속
자그마한 소리로 중얼거리며
날이 저문다

해가 지고서도 한참 동안을
흐린 먹물 빛으로 발밑을
더듬적거리다 간다

어머니, 어머니
지금 어디쯤 계셔요?
울고 있는 이 아들이
보이지 않으시나요?

서편 하늘에 걸려 나부끼는
핏빛 노을
누군가 남긴 마지막 시처럼
곱고도 붉다.

좋은 약

큰 병 얻어 중환자실에 널부러져 있을 때
아버지 절룩거리는 두 다리로 지팡이 짚고
어렵사리 면회 오시어
한 말씀, 하시었다

애야, 너는 어려서부터 몸은 약했지만
독한 아이였다
네 독한 마음으로 부디 병을 이기고 나오너라
세상은 아직도 징글징글하도록 좋은 곳이란다

아버지 말씀이 약이 되었다
두 번째 말씀이 더욱
좋은 약이 되었다.

눈부신 속살

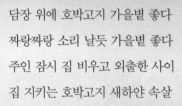

담장 위에 호박고지 가을볕 좋다
짜랑짜랑 소리 날듯 가을볕 좋다
주인 잠시 집 비우고 외출한 사이
집 지키는 호박고지 새하얀 속살

눈부신 그 속살에
축복 있으라.

봄

새들이 보고 있어요
우리 둘이 어깨 비비고
걸어가는 것

꽃들이 웃고 있어요
우리 둘이 눈으로 말하고
이야기하고 있는 것.

부탁

너무 멀리까지는 가지 말아라
사랑아

모습 보이는 곳까지만
목소리 들리는 곳까지만 가거라

돌아오는 길 잊을까 걱정이다
사랑아.

몽당연필

초등학교 선생 할 때
아이들 버린 몽당연필들
주워다 모은 게 한 필통 가득이다

상처 입고 망가지고
닳아질 대로 닳아진 키 작은 녀석들
글을 쓸 때마다 곱게 다듬어
볼펜 깍지에 끼워서 쓰곤 한다

무슨 궁상이냐고
무슨 두시럭이냐고 번번이
핀잔을 해대는 아내

아내도 나에겐 하나의 몽당연필이다
많이 닳아지고 망가졌지만
아직은 쓸모가 남아있는 몽당연필이다

아내 눈에 나도 하나의
몽당연필쯤으로 보여 졌으면

싶은 날이 있다.

꽃 피는 전화

살아서 숨 쉬는 사람인
것만으로도 좋아요
아믄, 아믄요
그냥 거기 계신 것만으로도 참 좋아요
그러엄, 그러믄요
오늘은 전화를 다 주셨군요
배꽃 필 때 배꽃 보러
멀리 한 번 길 떠나겠습니다.

꽃이 되어 새가 되어

지고 가기 힘겨운 슬픔 있거든
꽃들에게 맡기고

부리기도 버거운 아픔 있거든
새들에게 맡긴다

날마다 하루해는 사람들을 비껴서
강물 되어 저만큼 멀어지지만

들판 가득 꽃들은 피어서 붉고
하늘가로 스치는 새들도 본다.

울던 자리

여기가 셋이서 울던 자리예요
저기도 셋이서 울던 자리예요
그리고 저기는 주저앉아
기도하던 자리고요

병원 로비에서
복도에서
의자 위에서
그냥 맨바닥 위에서

준비 안 된 가족과의 헤어짐이
너무나도 힘겨워서
가장의 죽음 앞에 한꺼번에 무너져서

여러 날 그들은
비를 맞아 날 수 없는
세 마리의 산비둘기였을 것이다.

시 3

그냥 줍는 것이다

길거리나 사람들 사이에
버려진 채 빛나는
마음의 보석들.

풍경

이 그림에서
당신을 빼낸다면
그것이 내 최악의 인생입니다.

능금나무 아래

한 남자가 한 여자의 손을 잡았다
한 젊은 우주가 또 한 젊은
우주의 손을 잡은 것이다

한 여자가 한 남자의 어깨에 몸을 기댔다
한 젊은 우주가 또 한 젊은
우주의 어깨에 몸을 기댄 것이다

그것은 푸르른 5월 한낮
능금꽃 꽃등을 밝힌
능금나무 아래서였다.

미루나무 숲길

미루나무 숲길에 키가 큰 바람 불면
키가 큰 그리움 따라와 서성거리고
나도 또한 그 길에 나가 서성였다네
사랑하고 있어요 사랑하고 있어요
누군가의 목소리 혼자 들었네

하늘 맑고 햇빛 밝은 그런 날이면
저 혼자 노래하며 길 떠나는 한 마음 있어
같이 가자 부르면서 따라 갔었네
잊지 말아 주세요 잊지 말아 주세요
누군가의 목소리 맴을 돌았네.

사막여우

어제 저녁까지 있던 길이
아침에 보니 사라지고 없었다
아니, 조금 전까지만 해도 보이던 길이
지워져 버리고 없었다

어젯밤 칼날같이 푸르던 달빛이
지상의 모든 길들을 데려간 것일까
눈부신 아침 햇빛이 지워버린 것일까

다만 사라진 길 위에 처음 보는
작고도 어여쁜 여우 한 마리 동그마니 앉아
이쪽을 건너다보는 것이었다
눈이 동그랗고 눈빛이 우물처럼 아득했다

시인아, 사막에서는 길을 묻지 말라
부디 뒤를 돌아볼 일이 아니다
이제까지 걸어온 길이 사라졌다 해도
울먹이거나 겁을 먹을 일도 아니다.

오늘도 그대는 멀리 있다

전화 걸면 날마다
어디 있냐고 무엇하냐고
누구와 있냐고 또 별일 없냐고
밥은 거르지 않았는지 잠은 설치지 않았는지
묻고 또 묻는다

하기는 아침에 일어나
햇빛이 부신 걸로 보아
밤사이 별일 없긴 없었는가 보다

오늘도 그대는 멀리 있다

이제 지구 전체가 그대 몸이고 맘이다.

지상에서의 며칠

때 절은 조이 창문 흐릿한 달빛 한줌이었다가
바람 부는 들판의 키 큰 미루나무 잔가지 흔드는 바람이었다가
차마 소낙비일 수 있었을까? 겨우
옷자락이나 머리칼 적시는 이슬비였다가
기약 없이 찾아든 바닷가 민박집 문지방까지 밀려와
칭얼대는 파도 소리였다가
누군들 안 그러랴
잠시 머물고 떠나는 지상에서의 며칠, 이런 저런 일들
좋았노라 슬펐노라 고달팠노라
그대 만나 잠시 가슴 부풀고 설렜었지
그리고는 오래고 긴 적막과 애달픔과 기다림이 거기 있었지
가는 여름 새끼손톱에 스며든 봉숭아 빠알간 물감이었다가
잘려 나간 손톱조각에 어른대는 첫눈이었다가
눈물이 고여서였을까? 눈썹
깜짝이다가 눈썹 두어 번 깜짝이다가…….

선물 1

하늘 아래 내가 받은
가장 커다란 선물은
오늘입니다

오늘 받은 선물 가운데서도
가장 아름다운 선물은
당신입니다

당신 나지막한 목소리와
웃는 얼굴, 콧노래 한 구절이면
한 아름 바다를 안은 듯한 기쁨이겠습니다.

고욤감나무를 슬퍼함

고욤감나무 한 그루가 베어졌다 올 봄의 일이다
해마다 봄이면 새하얀 감꽃을 일구고
가을이면 또 밤톨보다도 작고 새까만 고욤감들을
다닥다닥 매다는 순종의 조선감나무
아마도 땅주인에게 오랫동안 쓸모없다
밉게 보였던 모양이다

그러나 나는 이 나무를 안다
30년 가까운 옛날의 모습을 안다
지금 스물여덟인 딸아이
제 엄마 뱃속에 들어 있을 때
공주로 학교를 옮기고 이사할 요량으로 이 집 저 집
빈방 하나 얻기 위해 다리 아프게 싸돌아 다닐 때
처음 만났던 나무가 이 나무다
빈방이 있기는 하지만 아이 딸린 나 같은 사람에겐
못 주겠노라 거절당하고 나오면서 민망하고
서러운 이마로 문득 맞딱뜨린 나무가 바로 이 나무다

저나 내나 용케 오래 살아남았구나

오며 가며 반가운 친구 만나듯
만나곤 했었지 꽤나 오랜 날들이었지
그런데 그만 올봄엔 무사히 넘기지 못하고
일을 당하고 만 것이다
둥그런 그루터기로만 남아 있을 뿐인 저것은
나무의 일이 아니다
나의 일이고 당신의 일이다

고욤감나무시여
나 홀로 오늘 여기 와 슬퍼하노니
욕스런 목숨을 접고 부디 편히 잠드시라.

그리움 1

햇빛이 너무 좋아
혼자 왔다 혼자
돌아갑니다.

게으름 연습

텃밭에 아무 것도 심지 않기로 했다
텃밭에 나가 땀흘려 수고하는 대신
낮잠이나 자 두기로 하고
흰 구름이나 보고 새소리나 듣기로 했다

내가 텃밭을 돌보지 않는 사이
이런저런 풀들이 찾아와 살았다
각시풀, 쇠비름, 참비름, 강아지풀,
더러는 채송화 꽃 두어 송이
잡풀들 사이에 끼어 얼굴을 내밀었다
흥, 꽃들이 오히려 잡풀들 사이에 끼어
잡풀 행세를 하러드는군

어느 날 보니 텃밭에
통통통 뛰어 노는 놈들이 있었다
메뚜기였다 연초록빛
방아깨비, 콩메뚜기, 풀무치 어린 새끼들도 보였다
하, 이 녀석들은 어디서부터 찾아온 진객들일까

내가 텃밭을 돌보지 않는 사이
하늘의 식솔들이 내려와
내 대신 이들을 돌보아 주신 모양이다
해와 달과 별들이 번갈아 이들을 받들어
가꾸어 주신 모양이다

아예 나는 텃밭을 하늘의
식솔들에게 빌려주기로 했다
그 대신 가끔 가야금이든
바이올린이든 함께 듣기로 했다.

강물과 나는

맑은 날
강가에 나아가
바가지로
강물에 비친
하늘 한 자락
떠올렸습니다

물고기 몇 마리
흰 구름 한 송이
새소리도 몇 움큼
건져 올렸습니다

한참 동안 그것들을
가지고 돌아오다가
생각해보니
아무래도 믿음이
서지 않았습니다

이것들을

기르다가 공연스레
죽이기라도 하면
어떻게 하나

나는 걸음을 돌려
다시 강가로 나아가
그것들을 강물에
풀어 넣었습니다

물고기와 흰 구름과
새소리 모두
강물에게
돌려주었습니다

그날부터
강물과 나는
친구가 되었습니다.

강아지풀에게 인사

혼자 노는 날

강아지풀한테 가 인사를 한다
안녕!

강아지풀이 사르르
꼬리를 흔든다

너도 혼자서 노는 거니?

다시 사르르
꼬리를 흔든다.

시 2

너무 자세히 알려고 하지 마시게
굳이 이해하려 하지 마시게
그것은 상징일 수도 있고
던져진 느낌일 수도 있고
느낌 그 자체, 분위기일 수도 있네
느낌 너머의 느낌의 그림자를 느끼면 되는 일일세
그림을 보듯 하고
음악을 듣듯 하시게
속속들이 알려고 하지 말고
그냥 건너다보시게 훔쳐 가시게.

가을이 와

가을이 와 나뭇잎 떨어지면
나무 아래 나는
낙엽 부자

가을이 와 먹구름 몰리면
하늘 아래 나는
구름 부자

가을이 와 찬바람 불어오면
빈 들판에 나는
바람 부자

부러울 것 없네
가진 것 없어도
가난할 것 없네.

외할머니랑 소쩍새랑

초록물감 질펀하게 어푸러진
밤
이파리 하나하나 지느러미를 달고 날개를 달고
하늘바다를 파들거리는 나무, 나무 수풀 사이
소쩍새 울음소리 깊은
우물을 파고 들어앉고

조이 창문이 두 개 달린 집
두 개 가운데 하나만 불이 켜져서
밤마다 나는 황금의 불빛 아래
숨쉬는 조그만 알이 되고
아침마다 나는 솜털이 부시시한 어린 새 새끼 되어
알껍질을 열고 나오고
외할머니 늘 조심스런 눈초리로
지켜보고 계셨다

불켜진 조이 창문이 쓰고 있는
썩어가는 볏짚 모자 속에
굼실굼실 뒹굴며 자라는 굼벵이들

쩍째글 참새들, 찍찍 쥐새끼들
더러는 굼벵이나 참새, 쥐새끼를 집어먹으며
몸통이 굵어가는 구렁이들

나는 참 이승에서 외할머니한테
진 빚이 많다.

추억이 말하게 하라

가늘은
가늘은 길이 있었다고
길가에 오랑캐꽃
보랏빛 꽃 입술이 벌렁거리고 있었다고
줄지어 미루나무
새잎 나는 미루나무 서 있었다고

그리고
그리고 미루나무 위에
지절거리는 새들의 소리
리본처럼 얹혀서 휘날리고 있었다고

말하지 말고
당신이 나서서 말하지 말고 추억이
추억이 말하게 하라

그리고 또
그리고 한 계집애가 있었다고
검고 긴 머리카락

나부끼는 블라우스
맑은 눈빛에 하늘이
파란 하늘빛이 겹쳐서 고여
일렁이고 있었다고

말하지 말고
서둘러 서둘러서 말하지 말고 추억이
차근차근 말하게 하라.

쓸쓸한 서정시인

세상에 와서
시를 만난 건 우연이었다
누가 날더러 시를 쓰라
시키지도 아니했고
시를 쓰면 좋겠노라 부추겨준
스승이 있었던 것도 아니지만
책을 길잡이 삼아
시의 나라로 들어가서 다시는
나오려 하지 아니했다

세상에 와서
시인들을 만난 것은 더더욱 우연이었다
내게는 이미 부모 형제가 있었고
친구들과 이웃들이 있었지만
시인들을 만난 뒤로부터 그들은
내 새로운 혈족이 되어주었고
친지가 되어주었다
나 또한 그들의 아들과 조카와 손자와
동생과 형님과 오래비와 친구와 이웃이 되어

결코 후회됨이 없었다

그러나 나는 쓸쓸한 서정시인
바람과 구름을 따라다니다가 끝내
바람이 되고 구름이 되고 싶었던 사람
내가 길을 나서면 바람이 뒤따르고
구름이 앞장서서 나를 부른다
풀이파리 비단방석을 깔고
새소리 풀벌레 울음소리 징검다리를 놓는다
바람이 불면 바람 불어서 슬프고
햇빛 고우면 햇빛 고와서 외로운
나는 쓸쓸한 서정시인.

노랑

그 사람을 생각하며
꽃을 샀다

지금은 먼곳에 있어
꽃을 받을 수 없는 사람

우리는 비탈길을 걸으면서
다리가 아팠었지

봄이다
푸리지아.

─ 딸아이를 생각하며/ 꽃을 샀다// 지금은 먼곳에 있어/ 꽃을 받을 수 없는 그
아이// 우리는 비탈길을 걸으면서/ 다리가 후들거렸지// 딸아이 방에 꽃을
꽂아본다// 빈방이 화들짝/ 잠에서 깨어난다// 봄이다/ 푸리지아.

추억

어디라 없이 문득
길 떠나고픈 마음이 있다
누구라 없이 울컥
만나고픈 얼굴이 있다

반드시 까닭이
있었던 것은 아니다
분명히 할 말이
있었던 것은 더욱 아니다

푸른 풀밭이 자라서
가슴속에 붉은
꽃들이 피어서

간절히 머리 조아려
그걸 한사코
보여주고 싶던 시절이
내게도 있었다.

귀소

누구나 오래
안 잊히는 것 있다

낮은 처마 밑
떠나지 못하고 서성대던
생솔가지 태운 냉갈내*며
밥 자치는 냄새

누구나 한번쯤
울고 싶은 때 있다

먹물 와락
엎지른 창문에
켜지던 등불
두세두세 이야기 소리

마음 먼저
멀리 떠나보내고
몸만 눕힌 곳이 끝내

집이 되곤 하였다.

* 냉갈내 : 식물성 연료를 태우는 아궁이에서 나는 냄새.

꽃 피우는 나무

좋은 경치 보았을 때
저 경치 못 보고 죽었다면
어찌했을까 걱정했고

좋은 음악 들었을 때
저 음악 못 듣고 세상 떴다면
어찌했을까 생각했지요

당신, 내게는 참 좋은 사람
만나지 못하고 이 세상 흘러갔다면
그 안타까움 어찌했을까요……

당신 앞에서는
나도 온몸이 근지러워
꽃 피우는 나무

지금 내 앞에 당신 마주 있고
당신과 나 사이 가득
음악의 강물이 일렁입니다

당신 등 뒤로 썰렁한

잡목 숲도 이런 때는 참

아름다운 그림 나라입니다.

서정시인

다른 아이들 모두 서커스 구경 갈 때
혼자 남아 집을 보는 아이처럼
모로 돌아서서 까치집을 바라보는
늙은 화가처럼
신도들한테 따돌림당한
시골 목사처럼.

시인학교

남의 외로움 사 줄 생각은 하지 않고
제 외로움 사 달라 조른다
모두가 외로움의 보따리 장수.

별 한 점

밤하늘에
별 한 점

흐린 하늘을 열고
어렵사리 나와
눈맞추는 별 한 점

어디 사는 누굴까?

나를 생각하는 그의 마음과
그의 기도가 모여
별이 되었다

나의 마음과
나의 기도와 만나 더욱
빛나는 별이 되었다

밤하늘에
눈물 머금은

별 한 점.

태백선

두고 온 것 없지만 무언가
두고 온 느낌
잃은 것 없지만 무언가
잃은 것 같은 느낌

두고 왔다면 마음을
두고 왔겠고
잃었다면 또한
마음을 잃었겠지

푸른 산 돌고 돌아
아스라이 높은 산
조팝나무꽃 이팝나무꽃
소복으로 피어서 흐느끼는
골짜기 골짜기

기다려줄 사람 이미 없으니
이 길도 이제는
다시 올 일 없겠다.

별리

우리 다시는 만나지 못하리
그대 꽃이 되고 풀이 되고
나무가 되어
내 앞에 있는다 해도 차마
그대 눈치채지 못하고

나 또한 구름 되고 바람 되고
천둥이 되어
그대 옆을 흐른다 해도 차마
나 알아보지 못하고

눈물은 번져
조그만 샘얼을 만든다
지구라는 별에서의
마지막 만남과 헤어짐

우리 다시 사람으로는 만나지 못하리.

산촌엽서

고개
고개 넘으면
청산

청산
봉우리에 두둥실
향기론 구름

또닥또닥
굴피 너와집*에
칼도마 소리

볼이
붉은 그 아이
산처녀 그 아이

산제비꽃 옆
산제비꽃 되어
사네

산벚꽃 옆

산벚꽃 되어

늙네.

* 굴피 너와집 : 참나무의 두꺼운 껍질(굴피)을 기와 대신 지붕으로 얹어 지은
  집(너와집).

— 살구꽃 피고 또 피고 웬수 같은 봄은 또다시 와서 풀은 푸르러 가슴속도 푸
  르러 작정 없이 봄은 서럽다. 나무에 물이 오르듯 벌레가 잠에서 깨어나듯
  사람도 그래보고 싶은 것일까. 오얏꽃 지고 또 지고 지랄 같은 봄은 또다시
  저물어 유리잔 가득 울컥 솟구치는 울음. 맑은 술이 되어 찰랑거리다.

215

가을, 마티재

산 너머, 산 너머란 말 속에는
그리움이 살고 있다
그 그리움을 따라가다 보면
아리따운 사람, 고운 마을도
만날 수 있을 것만 같다

강 건너, 강 건너란 말 속에는
아름다움이 살고 있다
그 아름다움을 따라 나서면
어여쁜 꽃, 유순한 웃음의 사람도
만날 수 있을 것만 같다

살기 힘들어 가슴 답답한 날
다리 팍팍한 날은 부디
산 너머, 산 너머란 말을 외우자
강 건너, 강 건너란 말도 외우자

그리고서도 안 되거든
눈물이 날 때까지 흰 구름을

오래도록 우러러보자.

추석 지나 저녁때

남의 집 추녀 밑에
주저앉아 생각는다
날 저물 때까지

그 때는 할머니가 옆에
계셨는데
어머니도 계셨는데
어머니래도 젊고 이쁜
어머니가 계셨는데

그 때는 내가 바라보는
흰 구름은 눈부셨는데
풀잎에 부서지는 바람은
속살이 파랗게
떨리기도 했는데

사람 많이 다니지 않는
골목길에 주저앉아 생각는다
달 떠 올 때까지.

순정

옮겨 심으면 어김없이 죽어버린다는 차나무나 양귀비

처음 발을 디딘 자리가 아니면 기꺼이 목숨까지 내어놓는
그 결연함

우리네 순정이란 것도 그런 게 아닐까?

처음 먹었던 마음 처음 가졌던 깨끗한 그리움
생애를 두고 바꾸어 갖지 않겠노라는 다짐

그것이 아닐까?

바다에서 오는 버스

아침에
산 너머서 오는 버스
비린내난다
물어보나 마나 바닷가
마을에서 오는 버스다

바다 냄새 가득 싣고 오는 버스
부푼 바다 물빛
바다에서 떠오르는 해
풍선처럼 싣고 오는 버스

저녁때
산 너머로 가는 버스
땀냄새난다
물어보나 마나 바닷가
마을로 가는 버스다

하루 종일 장터에 나가
지친 아주머니 할머니들
두런두런 낮은 말소리 싣고
지는 해 붉은 노을 속으로
돌아가는 버스다.

오늘의 약속

덩치 큰 이야기, 무거운 이야기는 하지 않기로 해요
조그만 이야기, 가벼운 이야기만 하기로 해요
아침에 일어나 낯선 새 한 마리가 날아가는 것을 보았다든지
길을 가다 담장 너머 아이들 떠들며 노는 소리가 들려 잠시
발을 멈췄다든지
매미 소리가 하늘 속으로 강물을 만들며 흘러가는 것을 문득
느꼈다든지
그런 이야기들만 하기로 해요

남의 이야기, 세상 이야기는 하지 않기로 해요
우리들의 이야기, 서로의 이야기만 하기로 해요
지나간 밤 쉽게 잠이 오지 않아 애를 먹었다든지
하루 종일 보고픈 마음이 떠나지 않아 가슴이 뻐근했다든지
모처럼 개인 밤하늘 사이로 별 하나 찾아내어 숨겨놓은 소원
을 빌었다든지
그런 이야기들만 하기로 해요

실은 우리들 이야기만 하기에도 시간이 많지 않은 걸 우리는
잘 알아요

그래요, 우리 멀리 떨어져 살면서도

오래 헤어져 살면서도 스스로

행복해지기로 해요

그게 오늘의 약속이에요.

뒷모습

뒷모습이 어여쁜
사람이 참으로
아름다운 사람이다

자기의 눈으로는 결코
확인이 되지 않는 뒷모습
오로지 타인에게로만 열린
또 하나의 표정

뒷모습은
고칠 수 없다
거짓말을 할 줄 모른다

물소리에게도 뒷모습이 있을까?
시드는 노루발풀꽃, 솔바람 소리,
찌르레기 울음소리에게도
뒷모습은 있을까?

저기 저

가문비나무 윤노리나무 사이
산길을 내려가는
야윈 슬픔의 어깨가
희고도 푸르다.

미소 사이로

벚꽃 지다

슬픈 돌 부처님
모스라진
미소 사이로

누가 꽃잎이
눈처럼 날린다
지껄이느냐?

누가 이것이 마지막이다
영생토록 마지막이다
울먹이느냐?

너무 오래 쥐고 있어
팔이 아픈 아이가
풍선 줄을 놓아버리듯

나뭇가지가 힘겹게

잡고 있던 꽃잎을 그만
바람결에 주어버리다.

저녁 일경 —景

불이 켜지고 있었다

장독대 곁에 과꽃이며 분꽃
두어 송이 던져놓고

부르지 않았음에도
방안까지 들어와 흐느끼는
풀벌레 울음

창밖에 서성대는 빗방울 두어 낱
우산 씌워 세워놓고

불이 켜지고 있었다

그리고 사기 밥그릇에
숟가락 부딪는 소리
드문드문 흩어졌다.

메밀꽃이 폈드라

메밀꽃이 폈드라
새하얗드라

여름내 흰 구름이
엉덩이 까 내리고
뒷물하던 자리

바람의 칼날에 몰려
벼랑 끝에 메밀꽃이
울고 있드라

끝끝내 아무도 없드라
메밀꽃은 대낮에도
달밤이드라.

내가 사랑하는 계절

내가 제일로 좋아하는 달은
십일월이다
더 여유 있게 잡는다면
십일월에서 십이월 중순까지다

낙엽 져 홀몸으로 서 있는 나무
나무들이 깨금발을 딛고 선 등성이
그 등성이에 햇빛 비쳐 드러난
황토 흙의 알몸을
좋아하는 것이다

황토 흙 속에는
시제時祭 지내러 갔다가
막걸리 두어 잔에 취해
콧노래 함께 돌아오는
아버지의 비틀걸음이 들어 있다

어린 형제들이랑
돌담 모퉁이에 기대어 서서 아버지가

가져오는 봉송封送 꾸러미를 기다리던
해 저물녘 한 때의 굴품한* 시간들이
숨쉬고 있다

아니다 황토 흙 속에는
끼니 대신으로 어머니가
무쇠 솥에 찌는 고구마의
구수한 내음새 아스므레
아지랑이가 스며 있다

내가 제일로 좋아하는 계절은
낙엽 져 나무 밑둥까지 드러나 보이는
늦가을부터 초겨울까지다
그 솔직함과 청결함과 겸허를
못 견디게 사랑하는 것이다.

* 굴품한 : '배가 고픈 듯한', '시장기가 드는 듯한'의 충청도 방언.

돌멩이

흐르는 맑은 물결 속에 잠겨
보일 듯 말 듯 일렁이는
얼룩무늬 돌멩이 하나
돌아가는 길에 가져가야지
집어 올려 바위 위에
놓아두고 잠시
다른 볼일 보고 돌아와
찾으려니 도무지
어느 자리에 두었는지
찾을 수가 없다

혹시 그 돌멩이, 나 아니었을까?

나팔꽃

여름날 아침, 눈부신 햇살 속에 피어나는 나팔꽃 속에는 젊으신 아버지의 목소리가 들어 있다.

애야, 집안이 가난해서 그런 걸 어쩐다냐. 너도 나팔꽃을 좀 생각해보거라. 주둥이가 넓고 시원스런 나팔꽃도 좁고 답답한 꽃 모가지가 그 밑에서 받쳐주고 있지 않더냐? 나는 나팔꽃 모가지밖에 될 수 없으니, 너는 꽃의 몸통쯤 되고 너의 자식들이나 꽃의 주둥이로 키워보려무나. 안돼요, 아버지. 안 된단 말이에요. 왜 내가 나팔꽃 주둥이가 되어야지, 나팔꽃 몸통이 되느냔 말이에요!

여름날 아침, 해맑은 이슬 속에 피어나는 나팔꽃 속에는 아직도 대학에 보내달라 투덜대며 대어드는 어린 아들을 달래느라 진땀을 흘리는 젊으신 아버지의 애긇는 목소리가 숨어 있다.

가족사진

아들이 군대에 가고
대학생이 된 딸아이마저
서울로 가게 되어
가족이 뿔뿔이 흩어지기 전에
사진이라도 한 장 남기자고 했다

아는 사진관을 찾아가서
두 아이는 앉히고 아내도
그 옆자리에 앉히고 나는 뒤에 서서
가족사진이란 걸 찍었다

미장원에 다녀오고 무쓰도 발라보고
웃는 표정을 짓는다고 지어보았지만
그만 찡그린 얼굴이 되어버리고 말았다

떫은 땡감을 씹은 듯
껄쩍지근한 아내의 얼굴
가면을 뒤집어쓴 듯한 나의 얼굴
그것은 결혼 이십오 년 만에

우리가 만든 첫 번째 세상이었다.

노

아들이 입대한 뒤로 아내는 새벽마다 남몰래 일어나 비어 있
는 아들 방 문 앞에 무릎 꿇고 앉아 몸을 앞뒤로 시계추처럼 흔
들며 기도를 한다.

하느님 아버지, 어떻게 주신 아들입니까? 그 아들 비록 어둡고
험한 곳에 놓일지라도 머리털 하나라도 상하지 않도록 주님께
서 채금겨 주옵소서.

도대체 아내는 하느님한테 미리 빚을 놓아 받을 돈이라도 있
다는 것인지, 하느님께서 수금해주실 일이라도 있다는 것인지
계속해서 채금債金겨 달라고만 되풀이 되풀이 기도를 드린다.

딸아이가 고3이 된 뒤로부터는 또 딸아이 방 문 앞에 가서도
여전히 몸을 앞뒤로 흔들며 똑같은 기도를 드린다.

하느님 아버지, 이미 알고 계시지요? 지금 그 딸 너무나 힘든
공부를 하고 있는 중이오니, 하느님께서 그의 앞길에 등불이 되
어 밝혀주시고 그의 모든 것을 채금겨 주옵소서.

우리 네 식구 날마다 놓인 강물이 다를지라도, 그 기도 나룻배의 노櫓가 되어 앞으로인 듯 뒤로인 듯, 흔들리며 나아감을 하느님만 빙긋이 웃으며 내려다보고 계심을, 우리는 오늘도 짐짓 알지 못한 채 하루를 산다.

풀잎을 닮기 위하여

1
바람 불어
내 작은 마음 하나 맡겨둘
의지간조차 없는 날

풀밭에 찾아가
풀잎 옆에 앉아본다

바람에 출렁이는
풀잎을 따라 몸을
출렁여본다

천천히 편안해지는 마음
조금씩 밝아오는 마음의 오솔길

쬐끄만 계집애 하나
호롱불 밝혀 들고 아장아장
그 길로 걸어온다

아가, 이리 온
나하고 놀자.

2
풀잎 위에
내 몸을 기대어본다

휘청,
휘어지는 풀잎

풀잎 위에
내 슬픔을 얹어본다

휘청,
더욱 깊게 휘어지는 풀잎

오늘은 내 몸무게보다
슬픔의 무게가 더 무거운가 보오.

3
풀잎들이 사람을
닮아 있다

한 녀석은 고개를
외로 꼬고 배시시 웃고 있고

또 한 녀석은 입을 벌려
말을 건네고 있는 눈치다

바람이 불어오자 둘이는
함께 몸을 출렁인다

사람들이 풀잎을 닮는다면 얼마나
좋을까 싶은 날이 내게 있었다.

강아지풀을 배경으로

1
어린것들일수록
왼쪽으로 자라 삐끔히

햇빛을 탐하여
얼굴을 내밀고 있었다

새파란 귀때기 바람에
마주 부비고 있었다

그들은 맨 몸으로도 온통
깃발이었다.

2
손질이 덜 된 그림이 아직은
남았는데

살금살금 다가와 발목을 잡는
어둠의 손

우뚝우뚝 앞길을 막아서는
산과 나무들

그리다 만 강아지풀들 한사코
울먹이며 매달리는데

저녁놀 눈부셔라
흐려지는 파스텔.

3
서 있기보다는
누워 있는

아주 눕기보다는
비스듬히

등을 기대고 혼자서보다는
두 셋이서

난 그런

강아지풀.

화이트 크리스마스

크리스마스 이브
눈 내리는 늦은 밤거리에 서서
집에서 혼자 기다리고 있는
늙은 아내를 생각한다

시시하다 그럴 테지만
밤늦도록 불을 켜놓고 손님을
기다리는 빵 가게에 들러
아내가 좋아하는 빵을 몇 가지
골라 사들고 서서
한사코 세워주지 않는
택시를 기다리며
이십 년하고서도 육 년 동안
함께 산 동지를 생각한다

아내는 그 동안 네 번
수술을 했고
나는 한 번 수술을 했다
그렇다, 아내는 네 번씩

깨진 항아리이고 나는
한 번 깨진 항아리이다

눈은 땅에 내리자마자
녹아 물이 되고 만다
목덜미에 내려 섬뜩섬뜩한
혓바닥을 들이밀기도 한다

화이트 크리스마스
크리스마스 이브 늦은 밤거리에서
한 번 깨진 항아리가
네 번 깨진 항아리를 생각하며
택시를 기다리고 또
기다린다.

사랑 2

목말라 물을 좀 마셨으면 좋겠다고
속으로 생각하고 있을 때
유리컵에 맑은 물 가득 담아
잘람잘람 내 앞으로 가지고 오는

창 밖의 머언 풍경에 눈길을 주며
그리움의 물결에 몸을 맡기고 있을 때
그 물결의 흐름을 느끼고 눈물
글썽글썽한 눈으로 나를 바라보아주는

어떻게 알았을까, 그는
한마디 말씀도 이루지 아니했고
한 줌의 눈짓조차 건네지 않았음에도.

사는 일

1

오늘도 하루 잘 살았다
굽은 길은 굽게 가고
곧은 길은 곧게 가고

막판에는 나를 싣고
가기로 되어 있는 차가
제시간보다 일찍 떠나는 바람에
걷지 않아도 좋은 길을 두어 시간
땀 흘리며 걷기도 했다

그러나 그것도 나쁘지 아니했다
걷지 않아도 좋은 길을 걸었으므로
만나지 못했을 뻔했던 싱그러운
바람도 만나고 수풀 사이
빨갛게 익은 멍석딸기도 만나고
해 저문 개울가 고기비늘 찍으러 온 물총새
물총새, 쪽빛 날갯짓도 보았으므로

이제 날 저물려 한다
길바닥을 떠돌던 바람은 잠잠해지고
새들도 머리를 숲으로 돌렸다
오늘도 하루 나는 이렇게
잘 살았다.

2
세상에 나를 던져보기로 한다
한 시간이나 두 시간

퇴근 버스를 놓친 날 아예
다음 차 기다리는 일을 포기해버리고
길바닥에 나를 놓아버리기로 한다

누가 나를 주워가 줄 것인가?
만약 주워가 준다면 얼마나 내가
나의 길을 줄였을 때
주워가 줄 것인가?

한 시간이나 두 시간
시험 삼아 세상 한복판에
나를 던져보기로 한다

나는 달리는 차들이 비껴 가는
길바닥의 작은 돌멩이.

붓꽃 2

슬픔의 길은
명주실 가닥처럼이나
가늘고 길다

때로 산을 넘고
강을 따라가지만

슬픔의 손은
유리잔처럼이나
차고도 맑다

자주 풀숲에서 서성이고
강물 속으로 몸을 풀지만

슬픔에 손목 잡혀 멀리
멀리까지 갔다가
돌아온 그대

오늘은 문득 하늘
쪽빛 입술 붓꽃 되어
떨고 있음을 본다.

멀리까지 보이는 날

숨을 들이쉰다
초록의 들판 끝 미루나무
한 그루가 끌려들어온다

숨을 더욱 깊이 들이쉰다
미루나무 잎새에 반짝이는
햇빛이 들어오고 사르락 사르락
작은 바다 물결 소리까지
끌려들어온다

숨을 내어쉰다
뻐꾸기 울음소리
꾀꼬리 울음소리가
쓸려나아간다

숨을 더욱 멀리 내어쉰다
마을 하나 비 맞아 우거진
봉숭아꽃나무 수풀까지
쓸려 나아가고 조그만 산 하나

우뚝 다가와 선다

산 위에 두둥실 떠 있는
흰 구름, 저 녀석
조금 전까지만 해도 내 몸 안에서
뛰어놀던 바로 그 숨결이다.

악수

가을 햇살은
모든 것들을 익어가게 한다
그 품안에 들면 산이며 들
강물이며 하다 못해 곡식이며 과일
곤충 한 마리 물고기 한 마리까지
익어가지 않고서는 배겨나지를 못한다

그리하여 마을의 집들이며 담장
마을로 뚫린 꼬불길조차
마악 빵 기계에서 구워낸 빵처럼
말랑말랑하고 따스하다

몇 해 만인가 골목길에서 마주친
동갑내기 친구
나이보다 늙어 보이는 얼굴
나는 친구에게
늙었다는 표현을 삼가기로 한다

이 사람 그 동안 아주 잘 익었군

무슨 말을 하는지 몰라

잠시 어리둥절해진 친구의 손을 잡는다

그의 손아귀가 무척 든든하다

역시 거칠지만 잘 구워진 빵이다.

나뭇결

운문사 만우당
스님들 조강하게 드나드시는 쪽마루
가끔씩 들를 때마다
더욱 고와지고 또렷해지는
마룻바닥의 나뭇결

스님들 발길에 스치고
스님들 걸레질에 닦여서
서슬 푸른 향기라도 머금을 듯
뼈 무늬라도 일어설 듯

가장 정갈한 아침 햇살이 말려 주고
가장 조용한 저녁 별빛이 쓰다듬어 주어
더욱 선명해지고 고와진
마룻바닥의 나뭇결

사람도 저처럼
나이 들면서 안으로 밝아지고 고와져
선명한 마음의 무늬를 지닐 수는 없는 일일까

향내라도 은은하게 품을 수는 없는 일일까.

눈부신 세상

멀리서 보면 때로 세상은
조그맣고 사랑스럽다
따뜻하기까지 하다
나는 손을 들어
세상의 머리를 쓰다듬어준다
자다가 깨어난 아이처럼
세상은 배시시 눈을 뜨고
나를 향해 웃음 지어 보인다

세상도 눈이 부신가 보다.

하늘의 서쪽

하늘이 개짐을 풀어헤쳤나

비린내 두어 마지기
질펀하게 깔고 앉아
속눈썹 깜짝여 곁눈질이나 하고 있는
하늘의 서쪽

은근짜로 아주
은근짜로

새끼 밴 검정염소
울음소리가 사라지고
절름발이 소금장수 다리 절며 돌아오던
구불텅한 논둑길이 사라지고

이젠 네가 사라져야 하고
내가 사라져줘야 할 차례다,
지금은 하늘과 땅이
살을 섞으며 진저리칠 때.

단풍

숲속이 다, 환해졌다
죽어 가는 목숨들이
밝혀놓은 등불
멀어지는 소리들의 뒤통수
내 마음도 많이, 성글어졌다
빛이여 들어와
조금만 놀다 가시라
바람이여 잠시 살랑살랑
머물다 가시라.

다시 혼자서

1
쑥부쟁이를 들국화라
믿던 때가 있었다
보랏빛 십대, 혼자서

구절초를 들국화라
우기던 시절이 있었다
순결한 이십대, 둘이서

이제 쑥부쟁이도 구절초도
들국화가 아님을 안다
쓸쓸한 오십대, 다시 혼자서

들국화는 진노랑색
손톱만한 꽃송이 당알당알
엉겨붙어 피어나는 가을 들풀꽃

그러나 아무러면 어떠랴
쑥부쟁이를 들국화라 믿으면

이미 들국화요
구절초를 들국화라 우기면
그 또한 들국화가 아니겠는가.

2
그래 가 보아
가서 쑥부쟁이는 쑥부쟁이 동네에서
쑥부쟁이로
구절초는 구절초 마을에서
구절초로
그리고 들국화는 들국화 나라에서
들국화대로
살아보아

쑥부쟁이를 쑥부쟁이로
놓아보내고
구절초를 구절초로
떠나보내고
이제 들국화는 들국화로

돌려보낸다

그래 잘들 가거라

잘들 살거라.

방생

아이들이 허공에
종이비행기를 날려 보내듯
강가에 나와 내가 나를
떠나보낸다

이젠 가봐
이젠 나를 떠나도 좋아
떠나가서 풀밭에 가로눕는
초록의 바람이 되든지
벼랑 위에 뿌리내린 새빨간
단풍나무 이파리가 되든지
네 맘대로 해봐

그동안 힘들었지?
이젠 나를 떠나도 좋아
저것, 저 물고기
저녁 햇살 받아 잠방대는
강물 위에 조그만 물고기들은
조금 전에 나를 떠나간

또 하나의 나이다.

그리운 사람 너무 멀리에 있다

그림도 한 장 제대로 그려보지 못하고
이 좋은 가을을 그냥 돌려보낸다
이 좋은 가을의 나무와 산과 꽃과 풀들을
섭섭하게 떠나보낸다

어제 오늘 눈에 띄게 꽃들은 시들고
바람도 많이 싸늘해졌다
더욱 쇠약해진 햇빛 아래 흰 구름은
갈 곳 없는 사람처럼 서 있다가 떠나가버리고

나는 오늘도 이렇게 혼자
볕바른 창가에 앉아 있을 뿐
그리운 사람 지금은 너무 멀리에 있다
그리운 사람 너무 오래 소식 끊겼다.

산수유꽃 진 자리

사랑한다, 나는 사랑을 가졌다
누구에겐가 말해주긴 해야 했는데
마음 놓고 말해줄 사람 없어
산수유꽃 옆에 와 무심히 중얼거린 소리
노랗게 핀 산수유꽃이 외워두었다가
따사로운 햇빛한테 들려주고
놀러온 산새에게 들려주고
시냇물 소리한테까지 들려주어
사랑한다, 나는 사랑을 가졌다
차마 이름까진 말해줄 수 없어 이름만 빼고
알려준 나의 말
여름 한 철 시냇물이 줄창 외우며 흘러가더니
이제 가을도 저물어 시냇물 소리도 입을 다물고
다만 산수유꽃 진 자리 산수유 열매들만
내리는 눈발 속에 더욱 예쁘고 붉습니다.

사랑에의 권유

사랑 때문에 다만
사랑하는 일 때문에
울어본 적 있으신지요?

보고 싶은 마음 때문에 오직
한 사람이 보고 싶은 마음 때문에
밤을 꼬박 새워본 적 있으신지요?

그것이 철없음이라도 좋겠고
어리석음이라도 좋겠고
서툰 인생이라 해도 충분히 좋겠습니다

한 사람의 여자를 위하여
한 사람의 남자를 위하여 다시금
떨리는 손으로 길고 긴 편지를
써보고 싶은 생각은 없으신지요?

부디 잊지 마시기 바래요
한 사람의 일로 밤을 새우고

오직 그 일로 해서 지구가 다
무너질 것만 같았던 날들이 분명
우리에게 있었음을

그리하여 우리가 한 때나마 지상에서
행복하고 슬프고도 외로운 사람이었음을
부디 후회하지 마시기 바래요.

아름다움

놓일 곳에 놓인 그릇은 아름답다

뿌리 내릴 곳에 뿌리 내린 나무는 아름답다

꽃필 때를 알아 피운 꽃은 아름답다

쓰일 곳에 쓰인 인간의 말 또한 아름답다.

3

고향

잎
진
감나무
가지에 달랑 남은
까치밥
하
나.

삼거리

돌아가거라

순결했던 시절로

저녁 새소리.

가을 감

꽃 등
밝혔네

잎
버리고
비로소

가을
어머니.

삼동

어린
딸아이
입다 물린 옷
입고
행복한
아내.

실연

꿩이
울었다

고향의
산마루에

오월
넥타이.

작별

꽃을 꺾듯이
잡은 채 떨리는 손
떨리는 술잔.

딸에게 3

바쁘다는 핑계로 끼니 거르지 마라
공주 날씨 오늘 좋다 서울 날씨 어떠냐?
가끔은 하늘도 보며 쉬엄쉬엄 살자꾸나.

딸에게 2

내 사랑 내 딸이여 내 자랑 내 딸이여
오늘도 네가 있어 마음속 꽃밭이다
오! 네가 없었다 하면 어쨌을까 싶단다

술 취해 비틀비틀 거리를 거닐 때도
네 생각 떠올리면 정신이 번쩍 든다
고맙다 애비는 지연紙鳶, 너의 끈에 매달린.

딸에게 1

날 어둡고 추운데 주머니는 가볍고
배고파 낯선 밥집 드르륵 문을 열 때
얼굴에 후끈한 밥내 어찌 아니 목메랴

혼자서 음식 청해 밥 사발 마주하고
엄마 생각 집 생각에 수저조차 못 들겠지
장하다 어린 네 모습 눈감고도 보이누나.

시집가는 딸에게

세월이 빨리 간다 그런 말 있었지요
강물같이 흘러간다 그런 말도 있었구요
우리 딸 어느새 자라 시집간다 그러네요

어려서 자랑자랑 품안에 안겨들고
봄바람 산들바람 신록 같던 그 아이
이제는 제 배필 찾아 묵은 둥지 떠난대요

신랑도 좋은 청년 같은 학교 선배 사이
그동안 만나보니 맑은 마음 바른 행동
멀리서 보기만 해도 미더웁고 든든해라

애들아 하루하루 작은 일이 소중하다
사랑은 마음속에 숨겨놓은 난초화분
서로가 살펴주어야 예쁜 꽃이 핀단다

부모가 무엇을 더 바랄 것이 있겠나요
다만 그저 두 사람 복되게 잘 살기를
손 모아 빌고 싶어요 양보하며 살거라.

추억의 묶음

꽃이 있기는 있었는데 여기
여린 바람에도 가들거리고
숨결 하나에도 떨리우고
생각만으로도 몸을 흔들던
꽃이 있기는 있었는데 여기

집을 비운 며칠 사이
자취도 없이 사라지고 꽃은
향기로만 남아 흐릿하게
눈물로만 남아 비릿하게
혼자 돌아온 나를 울리고
또 울린다.

안부

오래
보고 싶었다

오래
만나지 못했다

잘 있노라니
그것만 고마웠다.

— 41년 전에 내가 열아홉 살짜리 햇병아리 선생으로 경기도 연천군 군남면 옥
계리 군남국민학교 옥계분실에서 만났던 아홉 살짜리 2학년 학생이던 조해
숙이가 부산서부터 다섯 시간 반을 자동차로 달려 남편과 함께 나를 찾아왔
다. 그날도 우리는 금강의 새이학이란 식당에서 국밥 한 그릇씩을 나누어 먹
고 사진도 한 장 찍지 못하고 헤어져야만 했다.

행복 2

저녁 때
돌아갈 집이 있다는 것

힘들 때
마음속으로 생각할 사람 있다는 것

외로울 때
혼자서 부를 노래 있다는 것.

서울, 하이에나

결코 사냥하지 않는다

먹다 남긴 고기를 훔치고
썩은 고기도 마다하지 않는다
어찌 고기를 훔치는 발톱이
고독을 안다 하겠는가?
썩은 고기를 찢는 이빨이
슬픔을 어찌 안다고 말하겠는가?

딸아, 사냥하기 싫거든
차라리 서울서
굶다가 죽어라.

능소화

누가 봐주거나 말거나
커다란 입술 벌리고 피었다가,
뚝

떨어지고 마는 어여쁜
눈부신 하늘의
육체를 본다

그것도 비 내리시는 이른 아침

마디마디 또다시 일어서는
어리디 어린 슬픔의
누이들을 본다, 얼핏.

아내 2

새각시
새각시 때
당신에게서는
이름 모를
풀꽃 향기가
번지곤 했습니다
그럴 때마다 나는
당신도 모르게
눈을 감곤 했지요

그건 아직도
그렇습니다.

풀꽃

1
자세히 보아야
예쁘다

오래 보아야
사랑스럽다

너도 그렇다.

2
이름을 알고 나면 이웃이 되고
색깔을 알고 나면 친구가 되고
모양까지 알고 나면 연인이 된다
아, 이것은 비밀.

3
기죽지 말고 살아봐
꽃 피워 봐
참 좋아.

촉

무심히 지나치는
골목길

두껍고 단단한
아스팔트 각질을 비집고
솟아오르는
새싹의 촉을 본다

얼랄라
저 여리고
부드러운 것이!

한 개의 촉 끝에
지구를 들어 올리는
힘이 숨어 있다.

한밤중에

한밤중에
까닭없이
잠이 깨었다

우연히 방안의
화분에 눈길이 갔다

바짝 말라 있는 화분

어, 너였구나
네가 목이 말라 나를
깨웠구나.

기쁨

난초 화분의 휘어진
이파리 하나가
허공에 몸을 기댄다

허공도 따라서 휘어지면서
난초 이파리를 살그머니
보듬어 안는다

그들 사이에 사람인 내가 모르는
잔잔한 기쁨의
강물이 흐른다.

호명

순이야, 부르면
입 속이 싱그러워지고
순이야, 또 부르면
가슴이 따뜻해진다

순이야, 부를 때마다
내 가슴속 풀잎은 푸르러지고
순이야, 부를 때마다
내 가슴속 나무는 튼튼해진다

너는 나의 눈빛이
다스리는 영토
나는 너의 기도로
자라나는 풀이거나 나무거나

순이야, 한 번씩 부를 때마다
너는 한 번씩 순해지고
순이야, 또 한 번씩 부를 때마다
너는 또 한 번씩 아름다워진다.

꽃잎

활짝 핀 꽃나무 아래서
우리는 만나서 웃었다

눈이 꽃잎이었고
이마가 꽃잎이었고
입술이 꽃잎이었다

우리는 술을 마셨다
눈물을 글썽이기도 했다

사진을 찍고
그날 그렇게 우리는
헤어졌다

돌아와 사진을 빼보니
꽃잎만 찍혀 있었다.

무지개

봄비 내려 새파라니
풀 잎사귀 살아나기
시작하는 언덕

꽃이 피기도 전에
꽃 한 송이
피었습니다

절름발이 그 계집애
나의 친구 기록이 동생
고것이 어느새 자라
열여섯

초록 치마
분홍 저고리
차려입고
절뚝절뚝 볼 일도 없으면서
오르락내리락
나보고 보아 달라는

것이었을까?

열아홉 그 봄날의
무지개 하나 떠올라
지지 않고 있을 줄이야.

노래 2

노래는 어디에서 오는가?
마을에서도 변두리
변두리에서도 오두막집
어둠 찾아와
창문에 불이 켜지고
나무 아래 내어다 놓은 들마루
그 위에 모여앉아 떠들며
웃으며 노는 아이들

—거기에서 온다

노래는 어디에서 오는가?
한길에서도 오솔길
오솔길이 가다가 발을 멈춘 곳
도란도란 사람들 목소리
들려오는 오두막집
개구리래도 청개구리
따라서 노래 부르는 들창

— 거기에서 온다.

바람에게 묻는다

바람에게 묻는다
지금 그곳에는 여전히
꽃이 피었던가 달이 떴던가

바람에게 듣는다
내 그리운 사람 못 잊을 사람
아직도 나를 기다려
그곳에서 서성이고 있던가

내게 불러줬던 노래
아직도 혼자 부르며
울고 있던가.

그리움 1

때로 내 눈에서도
소금물이 나온다
아마도 내 눈 속에는
바다가 한 채씩 살고 있나 보오.

하오의 한 시간

바람을 안고 올랐다가
해를 안고 돌아오는 길

검정염소가
아무보고나
알은 체 운다

같이 가요
우리 같이 가요

지는 햇빛이
눈에 부시다.

하오의 슬픔

세상에 와서 내가
한 일이라곤 고작
글 몇 줄 쓴 일밖에 없는데
공연스레
하얀 종이만 함부로
버려 놓고 말았구려

세상에 와서 내가
한 일이라곤 고작
그대 좋아한 일밖에 없는데
공연스레
그대 고운 마음만
아프게 만들고 말았구려

어느 날 찬물에 손을
씻다가 본
손에 묻었던 파아란 잉크빛
그 번져가는 슬픔을 보면서.

지는 해 좋다

지는 해 좋다
볕바른 창가에 앉은 여자
눈밑에 가늘은 잔주름을 만들며
웃고 있다

이제 서둘지 않으리라
두 손 맞잡고 밤을 새워
울지도 않으리라

그녀 두 눈 속에 내가 있음을
내가 알고
나의 마음속에 그녀가 살고 있음을
그녀가 안다

지는 해 좋다
산그늘이 또 다른 산의 아랫도리를
가린다

그늘에 덮이고 남은

산의 정수리가
더욱 환하게 빛난다.

유월에

말없이 바라
보아주시는 것만으로도 나는
행복합니다

때때로 옆에 와
서 주시는 것만으로도 나는
따뜻합니다

산에 들에 하이얀 무찔레꽃
울타리에 덩굴장미
어우러져 피어나는 유월에

그대 눈길에
스치는 것만으로도 나는
황홀합니다

그대 생각 가슴속에
안개 되어 피어오름만으로도
나는 이렇게 가득합니다.

옆자리

옆자리에 계신 것만으로도 나는
따뜻합니다
그대 숨소리만으로도 나는
행복합니다
굳이 이름을 말씀해주실 것도 없습니다
주소를 알려주실 필요도 없습니다
또한 그대 굳이 나의 이름을
알려 하지 마십시오
주소를 묻지 마십시오
이름 없이 주소 없이 이냥
곁에 앉아 계신 따스함만으로도
그대와 나는 가득합니다
보이지 않는
그대와 나의 가슴 울렁임만으로도
우리는 황홀합니다
그리하여 인사 없이 눈짓 없이
헤어지게 됨도
우리에겐 소중한 사랑입니다.

행복 1

1

딸아이의 머리를 빗겨 주는
뚱뚱한 아내를 바라볼 때
잠시 나는 행복하다
저의 엄마에게 긴 머리를 통째로 맡긴 채
반쯤 입을 벌리고
반쯤은 눈을 감고
꿈꾸는 듯 귀여운 작은 숙녀
딸아이를 바라볼 때
나는 잠시 더 행복하다.

2

학교 가는 딸아이
배웅하러 손잡고 골목길 가는
아내의 뒤를 따라가면서
꼭 식모 아줌마가
주인댁 아가씨 모시고 가는 것 같애
놀려 주면서
나는 조금 행복해진다

딸아이 손을 바꿔 잡고 가는 나를

아내가 뒤따라 오면서

꼭 머슴 아저씨가

주인댁 아가씨 모시고 가는 것 같애

놀림을 당하면서

나는 조금 더 행복해진다.

분꽃

어둠은
낯선 사람들의
발자국 소리처럼
뚜벅뚜벅
동구 밖을 찾아들고

뱀들은
해가 기울기를 기다려
풀섶에서 기어나와
길바닥에 길게
눕는 저녁

젊은이들
비우고 떠나가
노인들만 남아 지키는
낡은 집
불조차 켜지지 않는
들창

대문간에

분꽃 몇 포기

어렵사리 불을

밝히고 있었다

어둠 속에 희미하게

웃고 있었다.

꿈

1

빈 언덕 위에
키 큰 상수리나무 하나를 둘 것

그 아래 방 한 칸짜리
오두막집을 둘 것

그리고 하늘엔
노을 한 자락도 걸어둘 것.

2

흙내 나는
오두막집 방 안으로 돌아가고 싶다

따스한 아랫목의
잠 속으로 돌아가고 싶다

외할머니
옆에 계시고

밤이 깊어도
잠들지 못하고 속살거리는
상수리나무 마른 잎

무엇보다 먼저
내 몸이 작아지고 싶다.

붓꽃 1

1

바라보는 눈길에도
끌려올 듯
고요로운 숨결에도
사라질 듯
소녀여,
오월
바다 물빛 그리워
까치발 딛고 섰는.

2

붓꽃 피는 오월이면
떠오르는 한 이름이 있다
가늘은 기적 소리에도
귀를 세우던
희미한 뻐꾸기 울음에도
살갗에 소름이 돋던

붓꽃 피는 오월이면

그리워지는 한 얼굴이 있다
잎 피는 소리에도 눈이 밝아지던
꽃이 지는 몸짓에도
한숨을 짓던.

들길을 걸으며

1
세상에 와 그대를 만난 건
내게 얼마나 행운이었나
그대 생각 내게 머물므로
나의 세상은 빛나는 세상이 됩니다
많고 많은 사람 중에 그대 한 사람
그대 생각 내게 머물므로
나의 세상은 따뜻한 세상이 됩니다.

2
어제도 들길을 걸으며
당신을 생각했습니다
오늘도 들길을 걸으며
당신을 생각했습니다
어제 내 발에 밟힌 풀잎이
오늘 새롭게 일어나
바람에 떨고 있는 걸
나는 봅니다
나도 당신 발에 밟히면서

새로워지는 풀잎이면 합니다

당신 앞에 여리게 떠는

풀잎이면 합니다.

유리창

이제
떠나갈 것은 떠나게 하고
남을 것은 남게 하자

혼자서 맞이하는 저녁과
혼자서 바라보는 들판을
두려워하지 말자

아, 그렇다
할 수만 있다면
나뭇잎 떨어진 빈 나뭇가지에
까마귀 한 마리라도 불러
가슴속에 기르자

이제
지나온 그림자를 지우지 못해 안달하지도 말고
다가올 날의 해짧음을 아쉬워하지도 말자.

다리 위에서

너는 바람 속에 피어
웃고 있는 가을꽃

눈을 감아 본다

흐르는 강물은 보이지 않고
키 큰 가로등도 보이지 않고
너의 맑은 이마도 보이지 않는다

그러나 여전히
강물은 흐르고
가로등 불빛은 밝고
너의 이마 또한 내 앞에 있었으리라

눈을 떠본다

너는 새로 돋아나기 시작하는
초저녁 밤별.

삼월

어차피 어차피
삼월은 오는구나
오고야 마는구나
이월을 이기고
추위와 가난한 마음을 이기고
넓은 마음이 돌아오는구나
돌아와 우리 앞에
풀잎과 꽃잎의 비단방석을 까는구나
새들은 우리더러
무슨 소리든 내보라 내보라고
조르는구나
시냇물 소리도 우리더러
지껄이라 그러는구나
아, 젊은 아이들은
다시 한번 새옷을 갈아입고
새 가방을 들고
새 배지를 달고
우리 앞을 물결쳐
스쳐 가겠지

그러나 삼월에도

외로운 사람은 여전히 외롭고

쓸쓸한 사람은 쓸쓸하겠지.

에라

1
첫눈 오는 날
빨간색 쉐타를 사가지고
다시 술 마시러 오마
술집 여자아이와
손가락 걸어 약속을 한다
에라, 이 철딱서니 없는 사람아
처자식 두고
잘 먹이지도 못하면서.

2

이담에
돈 많이 벌어가지고
다시 올게
비장한 각오로
돈을 벌러 집을 나서는
아버지가 어린 딸에게
그러듯
술집을 나서며
술집 여자아이한테
그런다
섭섭해서 그런다
에라, 이 넋 나간 사람아
지금이 어느 세상이라고.

어쩌다 이렇게

있는 듯 없는 듯
있다 가고 싶었는데
아는 듯 모르는 듯
잊혀지고 싶었는데
어쩌다 이렇게 되었을까
그대 가슴에 못을 치고
나의 가슴에 흉터를 남기고
어쩌다 이 지경이 되었을까
나의 고집과 옹졸
나의 고뇌와 슬픔
나의 고독과 독선
그것은 과연 정당한 것이었던가
그것은 과연 좋은 것이었던가
사는 듯 마는 듯 살다 가고 싶었는데
웃는 듯 마는 듯 웃다 가고 싶었는데
그대 가슴에 자국을 남기고
나의 가슴에 후회를 남기고
모난 돌처럼 모난 돌처럼
혼자서 쓸쓸히.

떠나와서

떠나와서 그리워지는
한 강물이 있습니다
헤어지고 나서 보고파지는
한 사람이 있습니다
미루나무 새 잎새 나와
바람에 손을 흔들던 봄의 강 가
눈물 반짝임으로 저물어가는
여름날 저녁의 물비늘
혹은 겨울 안개 속에 해 떠오르고
서걱대는 갈대숲 기슭에
벗은 발로 헤엄치는 겨울 철새들
헤어지고 나서 보고파지는
한 사람이 있습니다
떠나와서 그리워지는
한 강물이 있습니다.

오늘도 이 자리

오늘도 이 자리
떠나야 할 때가
되었나보다

그대 자꾸만
좋아지니
잊어야 할 때가
되었나보다

마음에 남는
그대 목소리
웃는 입매무새
눈매무새
아리잠직한
걸음걸이

생각이 머물 때
잊어야 할 사람아
좋아질 때

떠나야 하는 사람아.

사랑은 혼자서

사랑은 여럿이가 아니라
혼자서 쓸쓸한 생각
저무는 저녁 해
그리고 깜깜한 어둠

사랑은 둘이서가 아니라
혼자서 푸르른 산맥
흐르는 시내
그리고 풀벌레 울음

사랑은 너와 함께가 아니라
혼자서 이루는 약속
머나먼 내일
그리고 이별과 망각.

팬지꽃

팬지꽃 속에서 나온 한 계집아이가
노오란 무용복 차림으로
춤을 추고 있다
음악도 없이 무대도 없이
볕바른 창가에.

통화

자면서도 나는
그대에게 전화를
걸고 있습니다

그대 생각만으로 살았다고
내일도 그대 생각 가득할 것이라고

자면서도 나는
그대로부터 전화를
받고 있습니다.

오후

사과 썩는 냄새가
향기로운
가을날 오후
맑은 햇살 얼비치는
창가에 앉아서
그대에게 편지를 쓰면서
그대의 몸내음이 어쩌면
사과 썩는 냄새와 비슷했고
그대 눈빛이
가을 햇빛처럼
맑지 않았던가
짐작해 보았습니다.

시 1

마당을 쓸었습니다
지구 한 모퉁이가 깨끗해졌습니다

꽃 한 송이 피었습니다
지구 한 모퉁이가 아름다워졌습니다

마음속에 시 하나 싹텄습니다
지구 한 모퉁이가 밝아졌습니다

나는 지금 그대를 사랑합니다
지구 한 모퉁이가 더욱 깨끗해지고
아름다워졌습니다.

잠들기 전 기도

하느님
오늘도 하루
잘 살고 죽습니다
내일 아침 잊지 말고
깨워 주십시오.

그대 떠난 자리에

그대 떠난 자리에 혼자 남아
그대를 지킨다
그대의 자취
그대의 숨결
그대의 추억
그대가 남긴 산을 지키고
그대가 없는 들을 지키고
그대가 바라보던 강물에 하늘에
흰 구름을 지킨다
그러면서 혼자서 변해 간다
나도 모르게 조금씩
그대도 모르게 조금씩.

노래 1

배고픈 시절 부르던 노래여
그대 보고픈 날 불던 휘파람 소리여.

아내 1

호박꽃 얼굴 병든 풀대궁
내가 지켜야 할 무너진 왕국.

사랑 2

빛과 함께
소리와 함께 온다
향기와 함께
웃음과 함께 온다
그러나 눈물을
남기며 사라진다
바다가 되지도 못하면서
가슴속엔 몇 알갱이
소금을 남기며
사라진다.

편지 2

기다리면 오지 않고
기다림이 지쳤거나
기다리지 않을 때
불쑥 찾아온다
그래도 반가운 손님.

제비꽃

그대 떠난 자리에
나 혼자 남아
쓸쓸한 날
제비꽃이 피었습니다
다른 날보다 더 예쁘게
피었습니다.

여자

여자라는 나무를
가슴 안에 숨겨서
키우는 날부터
남자는
몸이 야위어간다
어떤 여자를
만나느냐에 따라
남자는 세상에서 다시 한번
태어나는 목숨이 된다.

답장

편지 쓰는 것은 꼭
답장을 받기 위해
쓰는 것만은 아닙니다
어쩌면
편지 쓰는 것 자체로써
보답을 받은 것인지
모릅니다.

안개

흐려진 얼굴
잊혀진 생각
그러나 가슴 아프다.

사랑 1

그가 섭섭하게 대해 줄 때
내게 잘해 준 일만 생각합니다
그가 미운 마음 가질 때
나를 위해 기도해 준 일 생각합니다
그가 크게 실망하고 슬퍼할 때
작은 일에도 기뻐하던 때 되새깁니다
그가 늙고 병들어 보잘 것 없어질 때
젊어 예쁘던 때를 기억하겠습니다.

편지 2

하루의 좋은 시간을
다른 곳에 다 써 먹고
창문에 어둠 깃들어서야
그댈 생각해낸다
그댈 생각하고
그대에게 편지를 쓴다
너무 섭섭히 생각 마시압.

쓸쓸한 여름

챙이 넓은 여름 모자 하나
사 주고 싶었는데
그것도 빛깔이 새하얀 걸로 하나
사 주고 싶었는데
올해도 오동꽃은 피었다 지고
개구리 울음소리 땅속으로 다 자지러들고
그대 만나지도 못한 채
또다시 여름은 와서
나만 혼자서 집을 지키고 있소
집을 지키며 앓고 있소.

초등학교 선생님

아이들 몽당연필이나
깎아 주면서
아이들 철없는 인사나 받아 가면서
한 세상 억울한 생각도 없이
살다 갈 수만 있다면
시골 아이들 손톱이나 깎아 주면서
때 묻고 흙 묻은 발이나
씻어 주면서 그렇게
살다 갈 수만 있다면.

삼월에 오는 눈

눈이라도 삼월에 오는 눈은
오면서 물이 되는 눈이다
어린 가지에
어린 뿌리에
눈물이 되어 젖는 눈이다
이제 늬들 차례야
잘 자라거라 잘 자라거라
물이 되며 속삭이는 눈이다.

아름다운 사람

아름다운 사람
눈을 둘 곳이 없다
바라볼 수도 없고
그렇다고 아니 바라볼 수도 없고
그저 눈이
부시기만 한 사람.

딸아이

너를 안으면 풀꽃 냄새가 난다
세상에 오직 하나 있는 꽃,
아무도 이름 지어 주지 않는 꽃,
네게서는 나만 아는 풀꽃 냄새가 난다.

패랭이꽃 빛

밖으로 타오르기보담은 안으로
끓어오르기를 꿈꾸고 열망했지만
번번이 핏물이 번진 손수건, 패랭이꽃 빛
치사한 게 정이란다 눈 감은 게 마음이란다.

안개가 짙은들

안개가 짙은들 산까지 지울 수야
어둠이 깊은들 오는 아침까지 막을 수야
안개와 어둠 속을 꿰뚫는 물소리, 새소리,
비바람 설친들 피는 꽃까지 막을 수야.

돌

드러나 있어 빛나는 돌이 있다
숨어 있어 값진 돌이 있다, 그러나
드러나 있음으로 빛을 잃은 돌이 있고
숨어 있어도 값없는 돌이 있다.

꽃집에서

사람 사귀기 어려워 책과 사귀고
여자하고는 더욱 어려워 난을 보러 다닌다
분재원에서 만난 겨울나기 봄꽃들,
꽃들도 푸스스하니 어깨 처져 있었다.

오지 않는 봄

봄은 오지 않는다
봄은 먼 나라에서 귀양살이하는 몸이시다
우리가 아는 봄은 봄의 껍데기,
봄의 소문일 뿐이다
기다려보라고
기다리는 것은 좋은 일이라고
곧 풀려나 노래하며 춤추며 당도하리라고
봄은 끊임없이 소리와 향기와 숨결만을
보내온다
그러나 봄은 오지 않는다
봄은 내년에도 오지 않는다
오지 않는 봄이기에 봄은 봄답다.

사십

1
아무래도 내리막
비탈길이다
빠른 걸음으로 가야 하는 길이다
가진 것은 없지만 그래도
버리면서 버리면서
가야 하는 길이다.

2
다른 사람들이 갖고 있는 걸
갖지 못하는 것은
쓸쓸한 일이다

다른 사람들이 누리는 걸
누리지 못하는 건
섭섭한 일이다

더구나 남들이 다 버리는 걸
버리지 못하고 사는 건

답답한 일이다.

3
물은 흘러간다
내가 갖지 못한 것을
가지며 흘러간다

물은 울며 간다
내가 버리지 못하는 것을
버리며 울며 간다

그러나 물은
외톨이라는 점에서
나와 같다.

4
모든 사람으로부터 받는 찬사는
찬사가 아니다
동지로부터 받는 찬사도

찬사가 아니다
그것은 욕설이요 소음이요
낭떠러지로 가는 눈먼 길이다.

겨울행

열 살에 아름답던 노을이
마흔 살 되어 또다시 아름답다
호젓함이란 참으로
소중한 것이란 걸 알게 되리라

들판 위에
추운 나무와 집들의 마을,
마을 위에 산,
산 위에 하늘,

죽은 자들은 하늘로 가
구름이 되고 언 별빛이 되지만
산 자들은 마을로 가
따뜻한 등불이 되는 걸 보리라.

굴뚝각시를 찾습니다

우리 마을에 살던
굴뚝각시가 없어졌습니다
어느 날 갑자기 없어졌습니다
어쩌면 무작정
상경이라도 해버렸는지 모릅니다

혹시 이런 사람 보셨는지요?
쉰 살 정도 되는 중늙은이 아낙네
아무나 보고 히죽히죽 웃는 여자
비 오는 날에도 우산을 받지 않는 여자
아마 불에 타다만 옷을 걸쳤을 것이고
얼굴에는 숯검정이 칠해져 있을 게지만
그래도 머리만은 쪽을 졌고
흰 고무신을 신었을 겁니다.

성한 사람들이 볼 때
그저 한 사람 미친 여자이지만
세상에서 죄를 그다지 많이 만들지 않는 여자입니다
잘못한 것이 있다면 밥을 훔쳐먹은 일

길가에서 잠을 잔 일 정도일 겁니다

굴뚝각시를 찾습니다
혹시 굴뚝각시를 만나거든
말씀 좀 전해 주십시오
공주읍 금학동 사람들이 찾더라고
객지에 나가 고생하지 말고
금학동으로 돌아오라
하더라고.

껍질

멀리서 웃고 있는 흰 구름을 버린다
그냥 버린다
멀리서 챙이 넓은
여름모자를 쓰고 오는 여자도
버린다
아주아주 버린다
담 밑에 피어 있는
일년초 풀꽃도 버린다
잔인하게 버린다
귀기울여 듣던
물소리 새소리
풀벌레 울음소리도
버린다
아낌없이 버린다
그리하여 나도 버린다
껍질만 남고자 한다
껍질만 남은
흰 구름
껍질만 남은

여름모자를 쓴 여자
껍질만 남은 풀꽃
껍질만 남은
새소리 물소리
풀벌레 소리
그리고 나.

꽃 피우는 나무

좋은 경치 보았을 때
저 경치 못 보고 죽었다면
어찌했을까 걱정했고

좋은 음악 들었을 때
저 음악 못 듣고 세상 떴다면
어찌했을까 생각했지요

당신, 내게는 참 좋은 사람
만나지 못하고 이 세상 흘러갔다면
그 안타까움 어찌했을까요……

당신 앞에서는
나도 온몸이 근지러워
꽃 피우는 나무

지금 내 앞에 당신 마주 있고
당신과 나 사이 가득
음악의 강물이 일렁입니다

당신 등 뒤로 썰렁한
잡목 숲도 이런 때는 참
아름다운 그림 나라입니다.

세상에 나와 나는

세상에 나와 나는
아무 것도 내 몫으로
차지하려 하지 않았습니다

꼭 갖고 싶은 것이 있었다면
푸른 하늘빛 한 쪽
바람 한 줌
노을 한 자락

더 욕심을 부린다면
굴러가는 나뭇잎새
하나

세상에 나와 나는
어느 누구도 사랑하는 사람으로
간직해 두고 싶지 않았습니다

꼭 사랑하는 사람이 있었다면
단 한 사람
눈이 맑은 그 사람
가슴속에 맑은 슬픔을 간직한 사람

더 욕심을 부린다면
늙어서 나중에도 부끄럽지 않게
만나고 싶은 한 사람
그대.

사랑하는 마음 내게 있어도

사랑하는 마음
내게 있어도
사랑한다는 말
차마 건네지 못하고 삽니다
사랑한다는 그 말 끝까지
감당할 수 없기 때문

모진 마음
내게 있어도
모진 말
차마 하지 못하고 삽니다
나도 모진 말 남들한테 들으면
오래오래 잊혀지지 않기 때문

외롭고 슬픈 마음
내게 있어도
외롭고 슬프다는 말
차마 하지 못하고 삽니다
외롭고 슬픈 말 남들한테 들으면

나도 덩달아 외롭고 슬퍼지기 때문

사랑하는 마음을 아끼며
삽니다
모진 마음을 달래며
삽니다
될수록 외롭고 슬픈 마음을
숨기며 삽니다.

아기 신발 가게 앞에서

세상 살맛
무척이도 없는 날은
길거리 아기 신발 가게를 찾아가
유리창 안에 갇혀진
아기 신발들을 바라본다
조그맣고 예쁘고 고운 아기 신발들에
담겨질 만큼의 사랑과 기쁨과
세상 살 재미들을 요량해 본다
저 신발의 임자는 누구일까……
저 신발을 신고 걸어다닐
조그맣고 보드라운 맨발을 가진
어린 사람은 누구일까……
유리창 너머 풀밭 사잇길로
아기가 웃으며 걸어온다
아기는 구름 모자를 썼다
아기는 바람의 옷을 입었다
아가, 이리 온
소리내어 부르자 아기는 사라지고
차디찬 유리창만이 내 앞을

막아설 뿐.

가을 거지

돌중이나 되어 떠돌고 싶다
설악산이랑 제주도랑
빈 암자랑

낙엽이 되어 뒹굴고 싶다
학교 운동장이랑 골목길이랑
빈 산길이랑

길 잃은 아이가 되어 울고 싶다
신호등 앞이랑 정류장이랑
국화빵집 앞이랑

그러나
가을 거지, 나는
돌중도 되지 못하고
낙엽도 되지 못하고
길 잃은 아이도 되지 못하는.

비단강

비단강이 비단강임은
많은 강을 돌아보고 나서야
비로소 알겠습디다

그대가 내게 소중한 사람임은
더 많은 사람들을 만나고 나서야
비로소 알겠습디다

백 년을 가는
사람 목숨이 어디 있으며
50년을 가는
사람 사랑이 어디 있으랴……

오늘도 나는
강가를 지나며
되뇌어 봅니다.

기도

내가 외로운 사람이라면
나보다 더 외로운 사람을
생각하게 하여 주옵소서

내가 추운 사람이라면
나보다 더 추운 사람을
생각하게 하여 주옵소서

내가 가난한 사람이라면
나보다 더 가난한 사람을
생각하게 하여 주옵소서

더욱이나 내가 비천한 사람이라면
나보다 더 비천한 사람을
생각하게 하여 주옵소서

그리하여 때때로
스스로 묻고
스스로 대답하게 하여 주옵소서

나는 지금 어디에 와 있는가?

나는 지금 어디로 향해 가고 있는가?

나는 지금 무엇을 보고 있는가?

나는 지금 무엇을 꿈꾸고 있는가?

바람이 붑니다

바람이 붑니다
창문이 덜컹댑니다
어느 먼 땅에서 누군가 또
나를 생각하나 봅니다

바람이 붑니다
낙엽이 굴러갑니다
어느 먼 별에서 누군가 또
나를 슬퍼하나 봅니다

춥다는 것은 내가 아직도
숨쉬고 있다는 증거
외롭다는 것은 앞으로도 내가
혼자가 아닐 거라는 약속

바람이 붑니다
창문에 불이 켜집니다
어느 먼 하늘 밖에서 누군가 한 사람
나를 위해 기도를 챙기고 있나 봅니다.

점

얼굴이 하얀 여자는
자기 얼굴에 난
까만 점이 부끄러웠다
그러나 남자는 그 점이
사랑스러웠다
여자의 부끄러워하는 마음과
남자의 사랑하는 마음이
그 여자의 까만 점 안에서 만나
더욱 빛나고 단단한
또 하나의 점을 이룩했다.

내가 너를

내가 너를
얼마나 좋아하는지
너는 몰라도 된다.

너를 좋아하는 마음은
오로지 나의 것이요,
나의 그리움은
나 혼자만의 것으로도
차고 넘치니까……

나는 이제
너 없이도 너를
좋아할 수 있다.

4

사랑이여 조그만 사랑이여

1
온종일 창가에 서서
네 생각 하나로 날이 저문다.

물오르는 나무들
초록불 활활 타오르는
나무들을 바라보며

나 또한
물오른 나무,
초록 불 활활
타오르는 나무라 치자.

가슴속에 눈빛에
팔과 다리에
푸우런 풀빛 물드는
한 그루 나무라 치자.

9

너를 알고 난 다음부터 나는
잠을 자도
혼자 잠을 자는 것이 아니라
너와 함께 잠을 자는 것이요,

너를 알고 난 다음부터 나는
길을 걸어도
혼자 걷는 것이 아니라
너와 함께 걷는 것이요,

너를 알고 난 다음부터 나는
달을 보아도
혼자 바라보는 달이 아니라
너와 함께 바라보는 달이다.

너를 알고 난 다음부터 나는
노래를 들어도
혼자 듣는 노래가 아니라

너와 함께 듣는 노래이다.

19
주여, 저는 사랑하고
괴로워하나이다.
괴로워하고 또
사랑하나이다.

장독대에 즐비한
장독들
가운데서도 금이 가고
귀 떨어진 소금항아리,

고쳐 쓰시든지
버리시든지
뜻대로 하소서.

24
사랑은

안절부절.
사랑은
설레임.

사랑은
서성댐.

사랑은
산들바람.

사랑은
나는 새.

사랑은
끓는 물.

사랑은
천ᅧ의 마음.

25
너로 하여
세상이 초록빛으로 변했다면
아마 너는 나를
거짓말쟁이라 할 것이다.

너로 하여
세상이 갑자기 신바람 나는 세상이 되었다면
역시 너는 나를
거짓말쟁이라 할 것이다.

너를 얻은 뒤부터
세상 전부를 얻은 것 같았다고 말한다면
더더욱 너는 나를
거짓말쟁이라 할 것이다.

너로 하여
나의 세상이 서럽고 외로운 세상이 되었다면
그 또한 너는 나를

거짓말쟁이라 할 것이다.

29
늙은 굴참나무숲
늙은 은행나무 새 잎새에서
바람이 알몸을 일으킨다.
음악이 흐른다.
음악이 날린다.

등꽃송이 줄줄이 늘어진 등나무 선반 아래
잔디밭에서 나는 문득
너에게 알맞은 이름 하나를
지어주고 싶다.

네 얼굴과
네 눈빛과
네 입술과
네 가슴에 꼭 맞는
이름 하나를

지어주고 싶다.

아기참새
아기별
아기꽃
아침 이슬
작은 아씨……

네 얼굴을 생각한다면
아기참새
네 눈빛을 생각한다면
아기별
네 입술을 생각한다면
아기꽃
네 가슴을 생각한다면
아침 이슬……

그러나 나는, 끝내 너에게
꼭 맞는 이름 하나를

찾지 못하고 만다.

30
우리가 마주 앉아
웃으며 이야기하던
그 나무에는
우리들의 숨결과
우리들의 웃음 소리와
우리들의 이야기 소리가
스며 있어서,
스며 있어서,

우리가 그 나무 아래를 떠난 뒤에도,
우리가 그 나무 아래에서
웃으며 이야기했다는 사실조차
까마득 잊은 뒤에도,

해마다 봄이 되면 그 나무는
우리들의 웃음소리와

우리들의 숨결과 말소리를 되받아
싱싱하고 푸른 새잎으로 피울 것이다.

서로 어우러져 사람들보다 더
스스럼없이 떠들고 웃고 까르륵대며
즐거워하고 있을 것이다.
볼을 부비며 살을 부비며 어우러져
기쁨을 나누고 있을 것이다.

36
네 나이 또래의 처녀애들을 보면
내 가슴은 무지갯빛 가슴이 되고
나의 두 눈은 두 자루의 촛불이 된다.

햇빛 속에서 햇빛으로 부서져
수런대는 나무잎새 사이 바람으로 부서져
이리로 오는 처녀애들, 처녀애들……

그 눈매 하나하나

그 입술 하나하나
그 머리카락 하나하나
그 팔과 다리 하나하나가
반짝이는 나무잎새 되고
작은 가슴 할딱이는 아기새 되고
이슬 머리 감는 풀잎이 되고
비늘 뒤집는 물고기
튼튼한 지느러미의 물고기 되어
이리로 오느니, 헤엄쳐 오느니……

오, 자랑스런 아름다움이여.
우아함이여.
네 나이 또래 아이들 앞에서 나는
그저 그득히 고여 출렁이는 바다
바다를 넘는 돛단배일 뿐,

살아 있음이여.
내가 살아서 네 앞에서 숨쉼이여.
너는 수없이 내 앞을 지나쳐가고

나를 거들떠보지도 않은 채
저희들끼리의 즐거움에 묻혀 흘러가고
목우 木偶,
나는 조그만 목우되어
그 자리에 서기로 한다.

38
남몰래 혼자 부르고 싶은 이름을
가졌다는 것은
황홀하도록 기쁜 일이다.

남몰래 혼자 생각하고픈 사람을
가졌다는 것은
슬프도록 기쁜 일이다.

나 혼자만 생각하다가 잠이 들고
나 혼자만 생각하다가 잠이 깨고픈
사람을 갖는다는 건
행복하도록 외로운 일이다.

나를 산의 나무, 들의 풀이라
불러다오.
내 몸의 어디를 건드리든지
푸른 풀물 향그런 나무 내음이
번질 것만 같지않느냐!

나를 조그만 북이라고
불러다오.
내 몸의 어디를 건드리든지
두둥둥둥 두둥둥둥
북소리가 울릴 것만 같지않느냐!

45
외롭다고 생각할 때일수록
혼자이기를,

말하고 싶은 말이 많은 때일수록
말을 삼가기를,

울고 싶은 생각이 깊을수록
울음을 안으로 곱게 삭이기를,

꿈꾸고 꿈꾸노니—

많은 사람들로부터 빠져나와
키 큰 미루나무 옆에 서 보고
혼자 고개 숙여 산길을 걷게 하소서.

56
너의 총명함을 사랑한다.
너의 젊음을 사랑한다.
너의 아름다움을 사랑한다.
너의 깨끗함을 사랑한다.
너의 꾸밈 없음과
꿈 많음을 사랑한다.

너의 이기심도 사랑해 주기로 한다.
너의 경솔함도 사랑해 주기로 한다.

그리고 너의 유약함도 사랑해 주기로 한다.
너의 턱없는 허영과
오만도 사랑하기로 한다.

60
제가 사랑하는 자는
지극히 아름다우며 귀한 자이오니
그가 가는 길에
저로 하여 덫이 되지 않게 하옵소서.

제가 사랑하는 자가 가는 길은
지극히 빛나며 밝고 아름다운 길이오니
저로 하여 그가 주저하지 말게 하옵소서.

제가 지극히 사랑하는 자가
빛나고 밝은 길, 아름다운 길을 가는 것을
저는 지극히 사랑하는 마음, 축복하는 마음으로
바라보기만 바랄 따름이오니
용납하옵소서.

용납하옵소서.

61

비에 갇힌 연사흘
그림자 없는 날들을
나는
네가 준 빛으로 하여
네가 준 기쁨으로 하여
길을 가다가도
우산 아래서
비 맞고 서 있는
산을 보며 나무를 보며
피잉, 눈물이 돌고
교회에 가 찬송가를
부르다가도
피잉, 눈물이 돌고
담 너머 피아노 소리를 듣다가도
피잉, 까닭 없는
눈물이 돌고……

비에 갇힌 연사흘
그림자 없는 날들을
나는
네가 준 불꽃으로 하여
네가 준 믿음으로 하여…….

62
내 마음은 버들잎인가,
오늘은 바람이 많이 불고
내 마음은 바람 따라 떨고 있다.

뉘라서 흐르는 바람을 잡을 수 있고
뉘라서 사랑하는 마음을 볼 수 있으며
뉘라서 변하는 마음을 막을 수 있으랴.

오늘, 그리운 너 멀리 있기에
더욱 그리웁고
어리석은 나, 마음을 붙잡을 수 없어
너 보고픈 생각의 노예가 된다.

내 마음은 바람개빈가,
오늘은 바람이 많이 불고
내 마음은 바람 따라 돌고 있다.

63
유난히 키가 큰비가 내렸다,
키 작은 그 애를 위하여.

유난히 눈이 하얀 비가 내렸다,
눈이 까만 그 애를 위하여.

산장山莊,
사방이 유리창으로 싸여 있는 집,
유리창으로 담쟁이덩굴이 기웃거리는
집에서.

비가 되었다.
담쟁이덩굴이 되었다.
음악 뒤에 몸과 마음을 숨겼다.

비어 있는 의자,

그 애가 보이지 않아서

갑자기 나는 불안해졌다.

선생님,

뭘 두리번거리시는 거예요?

비속에서 웃고 있었구나.

담쟁이덩굴 속에서 웃고 있었구나.

음악 속에서 웃고 있었구나.

사뿐,

그 애는 의자에 돌아와 앉는다.

72

보고 싶다,
너를 보고 싶다는 생각이
가슴에 차고 가득 차면 문득
너는 내 앞에 나타나고.
어둠 속에 촛불 켜지듯
너는 내 앞에 나와서 웃고.

보고 싶었다,
너를 보고 싶었다는 말이
입에 차고 가득 차면 문득
너는 나무 아래서 나를 기다린다.
내가 지나는 길목에서
풀잎 되어 햇빛 되어 나를 기다린다.

구름

옷

고름

푸는 그대

가는 손길같이,

손톱 끝에 떨리는

그대 작은 가슴의 낮달같이,

흐르다 흐르다가

지쳐버린 거,

황진이黃眞伊

하얀

넋.

드라이플라워

음악다방 귀퉁이에
물 없는 항아리에
꽂혀 있는 마른 꽃 한 다발.

한때는 그 꽃을 보고서도
아름답다 말한 적이
있었지.

한때는 이 거리가
환희의 거리 불빛의 거리일 때도
있었지.

그러나 지금 내 마음엔 불이 꺼지고,
네가 앉아 있던 자리엔
모르는 얼굴이 앉고,

음악다방 귀퉁이에
물 없는 항아리에
꽂혀 있는 마른 꽃 한 다발.

한때는 이 자리가

기쁨의 자리 만남의 자리일 때도

있었지.

외할머니

시방도 기다리고 계실 것이다,
외할머니는.

손자들이
오나 오나 해서
흰옷 입고 흰 버선 신고

조마조마
고목나무 아래
오두막집에서.

손자들이 오면 주려고
물렁감도 따다 놓으시고
상수리묵도 쑤어 두시고

오나 오나 혹시나 해서
고갯마루에 올라
들길을 보며.

조마조마 혼자서

기다리고 계실 것이다,

시방도 언덕에 서서만 계실 것이다,

흰옷 입은 외할머니는.

철쭉꽃

아내와 더불어 뜨락에
불붙듯 피어난 철쭉꽃을
바라보고 있노라면
여보, 당신이 차마 그러실 줄은 몰랐어요
철쭉꽃이 된 전생의 내 또 한 아내
본마누라 시앗 보듯 시샘하여 눈흘기며
우리 둘한테 하는
하염없는 핀잔 소리도 들리는
오늘은 다시 맑은 오월 하루 어느 날.

전생의 햇살이 따라와
나무 그늘아래 곱게 수놓인
오월 하루 그 같은 날.

어느새 나는 두 여자 사이에 끼어
눈치 보느라 어쩔 줄을 몰라하고
아내 또한 얼굴이 빨개져서
몸 둘 바를 몰라하네.

배회

1
사랑하는 사람아, 너는 모를 것이다.
이렇게 멀리 떨어진 변방의 둘레를 돌면서
내가 얼마나 너를 생각하고 있는가를.

사랑하는 사람아, 너는 까마득 짐작도 못할 것이다.
겨울 저수지의 외곽 길을 돌면서
맑은 물낯에 산을 한 채 비쳐보고
겨울 흰 구름 몇 송이 띄워보고
볼우물 곱게 웃음 웃는 너의 얼굴 또한
그 물낯에 비쳐보기도 하다가
이내 싱거워 돌멩이 하나 던져 깨뜨리고 마는
슬픈 나의 장난을.

2
솔바람 소리는 그늘조차 푸른빛이다.
솔바람 소리의 그늘에 들면 옷깃에도
푸른 옥빛 물감이 들 것만 같다.

사랑하는 사람아,
내가 너를 생각하는 마음조차 그만
포로소름 옥빛 물감이 들고 만다면
어찌겠느냐 어찌겠느냐.

솔바람 소리 속에는
자수정 빛 네 눈물 비린내 스며 있다.
솔바람 소리 속에는
비릿한 네 속살 내음새 묻어 있다.

사랑하는 사람아,
내가 너를 사랑하는 이 마음조차 그만
눈물 비린내에 스미고 만다면
어찌겠느냐 어찌겠느냐.

3
나는 지금도 네게로 가고 있다.
마른 갈꽃 내음 한 아름 가슴에 안고
살얼음에 버려진 골목길 저만큼

네모난 창문의 방안에 숨어서
나를 기다리는
빨강 치마 흰 버선 속의 따스한 너의 맨발을 찾아서.
네 열 개 발가락의 잘 다듬어진 발톱들 속으로.

지금도 나는 네게로 가고 있다.
마른 갈꽃송이 꺾어 한 아름 가슴에 안고
처마 밑에 정갈히 내건 한 초롱
네 처녀의 등불을 찾아서.
네 이쁜 배꼽의 한 접시 목마름 속으로
기뻐서 지줄대는 네 실핏줄의 노래들 속으로.

내장산 단풍

내일이면 헤어질 사람과
와서 보시오,

내일이면 잊혀질 사람과
함께 보시오,

왼 산이 통째로 살아서
가쁜 숨 몰아쉬는 모습을.

다 못 타는 이 여자의
슬픔을…….

변방

강물이
강물에 잠긴 조약돌과 모래가
고향으로 가는 좁은 길이
사실은 내 것이 아니라.

하늘에 뜬 흰 구름이
들에 핀 풀꽃이
또 비 맞고 서 있는 산과 나무들이
사실은 네 것도 아니라.

곱게 쓰다 돌려줘야지.
너무 함부로 우악스레 쓰지 말고
이왕 네 것도 내 것도 아닌 바에는
곱게 간직하다 고스란히 돌려줘야지.

누군가 우리가 모르는 사람들에게
우리처럼 강물과 조약돌과
들에 핀 풀꽃과
비 맞고 서 있는 산과 나무를

말없이 좋아하는 미지의 그들에게

고스란히 상처내지 말고 선사해야지.

막동리 소묘

1
아스라이 청보리 푸른 숨소리 스민 청자의 하늘,
눈물 고인 눈으로 바라보지 마셔요.
눈물 고인 눈으로 바라보지 마셔요.
보리밭이랑 이랑마다 솟는 종다리.

2
얼굴 붉힌 비둘기 발목같이 발목같이
하늘로 뽑아 올린 복숭아나무 새순들.
하늘로 팔을 벌린 봄 과원의 말씀들.
그같이 잠든 여자, 고운 눈썹 잠든 여자.

3
내버려 두라, 햇볕 드는 대로 바람 부는 대로
때가 되면 사과나무에 사과꽃 피고
누이의 앵두나무에 누이의 앵두가 익듯
네 가슴의 포도는 단물이 들 대로 들을 것이다.

4

모음으로 짜개지는 옥빛 하늘의 틈서리로
우우우우, 사랑의 내력來歷 보 터져오는 솔바람 소리.
제가 지껄인 소리 제가 들으려고
오오오오, 입을 벌리는 실개천 개울물 소리.

5

겨우내 비워둔 나의 술잔에
밤새워 조곤조곤 봄비 속살거리고
사운사운 살을 씻는 댓잎의 노래,
비워도 비워도 넘치네. 자꾸 술이 넘치네.

6

물안개에 슬리는 차운 산허리
뻐꾸기 울음소리 감돌아 가고
가난하고 가난하고 또 가난하여라,
아침마다 골짝 물소리에 씻는 나의 귀.

7

감나무 나무 속잎 나고
버드나무 실가지에 연둣빛 칠해지는 거,
아, 물찬 포강배미 햇살이 허물 벗는 거,
보리밭에 바람이 맨살로 드러눕는 거.

8

그 계집애, 가물가물 아지랑이 허리를 가진.
눈썹이 포로소롬 풋보리 같은.
그 계집애, 새봄맞이 비를 맞은 마늘촉 같은.
안개 지핀 대숲에 달덩이 같은.

9

유채꽃밭 노오란 꽃 핀 것만 봐도 눈물 고였다.
너무나 순정적인 너무나 맹목적인
아, 열여섯 살짜리 달빛의 이슬의
안쓰러운 발목이여. 모가지여. 가슴이여.

10

덤으로 사는 목숨 그림자로 앉아서

반야심경을 펴든 날 맑게 눈 튼 날

수풀 속을 헤쳐온 바람이 책장을 넘겨 주데.

꾀꼬리 울음소리가 대신해서 경을 읽데.

봄날에

사람아,
피어오르는 흰구름 앞에 흰구름 바라
가던 길 멈추고 요만큼
눈파리하고 서 있는 이것도 실은
네게로 가는 여러 길목의 한 주막쯤인 셈이요,

철쭉꽃 옆에 멍청히
철쭉꽃 바라 서 있는 이것도 실은
네게로 가는 여러 길 가운데
한 길이 아니겠는가?

마치,
철쭉꽃 눈에 눈물 고이도록
바라보고 있노라면
가슴에 철쭉 꽃물이라도 배어 올 듯이,
흰구름 비친 호숫물이라도 하나 고여 올 듯이,

사람아,
내가 너를 두고

꿈꾸는 이거, 눈물겨워 하는 이거, 모두는
네게로 가는 여러 방법 가운데
한 방법쯤인 것이다.
숲속의 한 샛길인 셈인 것이다.

죽림리

하루에도 몇 번씩 찾아가
풀밭에 몸을 눕히곤 하는 날이 많아졌다.

지친 것 없이 지친 마음
바닷가에 나가 게를 잡다 돌아온 바람처럼
차악, 풀밭에 몸을 눕히면
한 마리 풀벌레 울음 속에
자취 없는 목숨
차라리 눈물겨워서 좋다.

내 이제 그대에게
또 무슨 약속을 드리랴!
해가 지니 대숲에
새삼스레 바람이 일 뿐.

소나무에도 이모님의 웃음 뒤에도

얼핏 보아 푸르고 푸르기만 해 보이는 소나무에도
자세히 보면 삭정가지가 숨어 있듯이
여름날의 비를 맞은 함박꽃인 양 화사키만 하던
이모님의 웃음 뒤에도 눈물은 슴슴이 스며나듯이
사람 사는 한평생에 어찌 매양 기를 쓰고
좋은 일 기쁜 일만 바랄 것인가.

가다간 까마득 잊혀지기도 하고
가다간 죽은드키 숨어 살기도 하고
가다간 꼴찌로 남의 뒤나 슬금슬금
따라다니는 것 또한 그다지 나쁘지 않은 일.
궂은일을 당해서도
너끈히 잘 참아 견뎌낼 줄 아는 능력 또한
좋고 좋은 일.

그래야만 오래 살면서도 푸르고 싱싱한 소나무처럼
오래도록 푸르고 싱싱할 것이 아닌가.
그래야만 이모님의 웃음결의 때깔처럼
오래도록 안 잊히고 곱게 살아남을 일이 아닌가.

메꽃

마파람이 몹시 불어 미루나무 숲에서 샘물 퍼내는 두레박 소리가 나는 밤, 그때마다 약속이라도 한 듯 청개구리 떼를 지어 목을 놓아 우는 밤에, 애기를 낳지 못하는 아내를 위하여 아내와 함께 울었다. 무엇으로도 부족할 것이 없는 당신이 나 때문에 부족한 사람이 되었으니, 다른 여자 얻어서 애 낳고 살라고, 그렇지만 아주 헤어질 수는 없고 서울에다 전세방 하나 얻어주고 생활비 대주고 한 달에 두어 번만 찾아와 준다면, 그것으로 자족하고 살아가겠으니 물러나겠노라 앙탈하는 아내를 달래다가, 나도 그만 아내 따라 울고 말았다.

어디 그게 할 말이나 되냐고, 첫애기 잘못 되어 여러 번 수술하다 보니 그렇게 된 것이지, 어디 그게 당신 죄냐고 차마 그럴 수는 없는 일이라고, 그러느니 차라리 영아원에 가서 아이 하나 데려다 기르며 같이 살자고, 왜 이런 슬픔이 우리 것이어야만 하느냐고, 남들이 듣지 못하게 작은 목소리로 더욱 작은 울음소리로 느껴울다가 지쳐 잠이 들었다.

자고 일어난 다음날 아침, 흙담을 타고 올라가 메꽃 한 송이 피어 있는 게, 그날 따라 아프게 눈에 띄었다. 밤 사이 우리 울음을 몰래몰래 훔쳐 먹고 우리 눈물을 가만가만 받아먹고, 꺼질 듯한 한숨으로 발가벗은 황토흙담 위에 피어서 바람에 날리는 메꽃. 그러고 보니 아내 얼굴 또한 누르뗑뗑하니 부은 게 메꽃같이 보였다. 하긴 아내 눈에 내 얼굴도 메꽃쯤으로 보였으리라. 메꽃! 너, 버려진 땅 아무 데서나 자라, 하루 아침 한 때를 분단장하고 피었다가, 이내 시들고 마는 푸새. 담홍빛 슬픔의 찌꺼기여.

내가 꿈꾸는 여자

1

내가 꿈꾸는 여자는
발가락이 이쁜 여자.
발뒤꿈치가 이쁜 여자.
발톱이 이쁜 여자.

정말로 내가 꿈꾸는 여자는
발가락에 때가 묻지 않은 여자.
발뒤꿈치에 때가 묻지 않은 여자.
발톱에 때가 묻지 않은 여자.

그리고 감옥 속에 갇혀서
다소곳이 기다릴 줄도 아는 발을 가진
그러한 여자.

2

그녀의 발은 꽃이다.
그녀의 발은 물에서 금방 건져낸 물고기다.
그녀의 발은 풀밭에 이는 바람이다.

그녀의 발은 흰 구름이다.

그녀의 발은
내 가슴을 짓이기기 위해서만 존재한다.
그녀의 발 아래서
나의 가슴은 비로소 꽃잎일 수 있다.
그녀의 발 아래서
나의 가슴은 비로소 흰구름일 수 있다.
금방 물에서 건져낸 물고기일 수도 있다.

산거 山居

1

산에 와서 혼자 부르는 메아리는
대답해 주는 사람 없어서 좋데.
산에 와서 혼자 듣는 산새 소리는
듣는 이 아무도 없어서 더욱 좋데.

2

근심이 하 먹구름 같은들
나무가 알아줄까, 산이 덜어줄까,
겨울 산벚꽃나무 잔가지에 살로 틔어 아픈 산새 소리여.
불 꺼진 석등 아래 미미한 달빛이여.

3

싸락눈 하나에 가려진 산.
눈썹 하나에 갇혀진 영원.
입술 하나에 묻혀진 바다.
아, 그대 눈에 어리어 발을 씻는 머언 흰 구름.

4

하얀 달빛 뜨락에 싸락눈 내렸다.
하얀 달빛 기왓골에 싸락눈 쌓였다.
이런 밤에 잠 못 들어 뜨락을 서성이는 사람.
사람 몰래 깨어 숨쉬는 나무, 나무, 산, 산.

5

산에서 만난 사람들은 속으로만 울음 운다.
눈물을 보일 수 없어 차마 눈물을 보일 수 없어
돌아서서 남 몰래 손등으로 눈물 훔친다.
돌아서서 마른 잎 바람 소리에 눈물 씻는다.

6

바람끼리 모여 살데,
빈 산골짜기.

나무끼리 정을 트데,
아무렇게나.

스님도 구름도 한 번 가선 아니 오는 곳,

아미산중娥眉山中에……

돌끼리 눈 맞추데,

죽은 풀 아래.

산

1

내내 구름만 보며
새소리만 들으며
물소리에 풀벌레 울음소리에
옷깃이 젖었습네다.
그대 눈 속을 지키다 내가 먼저 글썽
두 눈에 눈물 고였습네다.

2

나는 그대 마음 알지 못해
망설이다 바람이 되고
그대 내 마음 짐작 못해
산골짝 숨어 흐르는 물소리 되다.
어느덧 눈을 들면
면전에 임자없이 익어버린
감나무 산감나무
가지 휘도록 바알간 서릿감!
산의 허리에 감긴
가느다란 가느다란 아침 실안개여.

그대 비단 살허리띠여.

3

가을비 속에 비를 맞으며
사내들은 묵묵부답
고개 숙여 기다렸나니,
서른 살 내외의 우리 나이보담은 더 많이 살았지만
그들의 어깨는 건장했나니,
우리 이담에 죽어
산에 와 나무 되어 살아요, 네?
그대 나를 보며 하던 말,
땅속으로 바위 틈서리로
마주 잡는 손, 손,
우리의 악수는 견고했나니…….

4

　그 온갖의 이얘기와 그 온갖의 슬픔과 그 온갖의 어지러운 머
리칼과 그 온갖의 노여움과 비린내, 오로지 물소리로 새소리로
풀벌레 울음소리로 맑혀가지고, 나무 아래 화안히 촛불 밝혀

산은 그렇게 조용히 물러앉은 사람. 그러면서 오히려 안으로 뜨거운 사람. 눈 비비며 아침 산책길에 나서고 보면, 잠 안 오던 지난 밤 별들의 울음소리 더러는 이슬 되어 풀섶에 떨어져 있고, 풀잎만 적셔 우리의 발길을 기다려 있고, 이제 남의 아낙도 제 아낙쯤으로 생각케 되어진 우쭐우쭐 스스럼 없는 암수의 연봉連峰들, 화안히 속살 내비치는 잠옷 한 겹 바람에 비단 안개로 부끄러운 곳만 가리운 채, 흐드러지게 모두 나와 웃고 있네. 수런수런 아침상 받을 채비로 세수들을 하고 있네.

겨울 흰 구름

아직은 떠나갈 곳이
쬐끔은 남아 있을 듯 싶어,
아직은 떠나온 길목들이
많이는 그립게 생각날 듯 싶어,
초겨울 하늘 구름 바라 섰는 마음.

단발머리 시절엔
나 이담에 죽으면 꼭 흰 구름이 되어야지,
낱낱이 그늘 없는 흰 구름 되어
어디든 마음껏 떠다녀야지,
그게 더도 말고 단 하나의 꿈이었어요.
그렇게 흰 구름이 좋았던 거예요.

허나, 이제 남의 아내 되어
무릎도 시리고 어깨도 아프다는 그대여.
어찌노?
이렇게 함께 서서 걸어도
그냥 섭섭한 우리는 흰 구름인 걸,
그냥 멀기만 한 그대는
안쓰러운 내 처녀, 겨울 흰 구름인 걸…….

돌계단

네 손을 잡고 돌계단을 오르고 있었지.

돌계단 하나에 석등이 보이고
돌계단 둘에 석탑이 보이고
돌계단 셋에 극락전이 보이고
극락전 뒤에 푸른 산이 다가서고
하늘에는 흰 구름이 돛을 달고 마악
떠나가려 하고 있었지.

하늘이 보일 때 이미
돌계단은 끝이 나 있었고
내 손에 이끌려 돌계단을 오르던 너는
이미 내 옆에 없었지.

훌쩍 하늘로 날아가 흰 구름이 되어버린 너!

우리는 모두 흰 구름이에요, 흰 구름.
육신을 벗고 나면 이렇게 가볍게 빛나는
당신이나 저나 흰 구름일 뿐이에요.

너는 하늘 속에서 나를 보며 어서 오라 손짓하며 웃고
나는 너를 따라갈 수 없어 땅에서 울고 있었지.
발을 구르며 땅에 서서 울고만 있었지.

오월에

1
찰랑찰랑
애기 손바닥을 흔드는
미루나무 속잎 속에
초집 한 채가 갇혔다.

하이얀 탱자꽃 내음에
초집 한 채가
또 갇혔다.

들머리밭엔
노오란 배추꽃
바람.

햇살 남매 모여 노는
초지붕 그 아랜
작은 나의 방.

2

치렁치렁

보릿고랑에 바람 흘러간다.

내 작은 마음 흘러간다.

길슴한 보리모개 사이로

보얗게 목이 팬 그리움.

부질없이 화사한 고전의 의상.

웃으며 네가 웃으며

나래 저어 올 것만 같은 날에.

머리칼이라도 조금 날릴 것 같은 날에.

3

푸른 언덕이 뱉어놓은 흰구름덩이.

흰구름덩이 속으로 다이빙해 들어가는

새끼 제비의 비행 연습.

네 생각하다 잠들었다, 오후.

문득 시계풀꽃* 내음에 흩어지는

나의 꿈.

4

누군지 모를 이 기다리고 있을까 싶어
언덕에 나와 휘파람 불면
눈썹까지 그득히 고여 오는 한낮의 바다
글썽이며 눈물 글썽이며 따라 나서고
금은의 햇살을 실어 나르는 조각배,
바람만 잡아 돌아온다.
바람만 잡아 돌아온다.

5

바람에 머리칼 날리는
자작나무의 귀밑볼은
희다.

바람에 스커트 자락 날리는
자작나무의 속살은
눈부시다.

바람에 풀어헤친
자작나무의 흰 가슴은
날아갈 듯 부풀었다.

* 시계풀꽃 : 크로바꽃.

아침

1
밤마다 너는
별이 되어 하늘 끝까지 올라갔다가
밤마다 너는
구름이 되어 어둠에 막혀 되돌아오고

그러다 그러다
그여히
털끝 하나 움쩍 못할 햇무리 안에
갇혀버린 네 눈물자죽만,

보라! 이 아침
땅 위에 꽃밭을 이룬
시퍼런 저승의 입설들.

2
끝없이 찾아 헤매다 지친 자여.

그대의 믿음이 끝내 헛되었음을 알았을 때

그대는 비로소 한 떼의

그대가 버린 눈물과 만나게 되리라.

아직도 귀엽고 사랑스러운

아직은 이루어져야 할

언젠가 버린 그대의 약속들과 만나리라.

자칫 잡았다 놓친

그 날의 그 따스한 악수와

다시 오솔길에 서리라.

겨울 연가

한겨울에 하도 심심해
도로 찾아 꺼내 보는
당신의 눈썹 한 켤레.
지난여름 아무리 찾아도 찾을 수 없던 그것들.

움쩍 못하게 얼어붙은
저승의 이빨 사이
저 건너 하늘의 한복판에.

간혹 매운 바람이 걸어놓고 가는
당신의 빛나는 알몸.
아무리 헤쳐도 헤쳐도
보이지 않던 그 속살의 깊이.

숙였던 이마를 들어 보일 때
눈물에 망가진 눈두덩이.
그래서 더욱 당신의 눈썹 검게 보일 때.

도로 찾아 듣는

대이파리 잎마다에 부서져

잔잔히 흐느끼는

옷 벗은 당신의 흐느낌 소리.

가만가만 삭아드는 한숨의 소리.

신과원

1
하느님은 이곳에
개심형開心型으로 혹은 원추형圓錐型으로
그이의 몸을 푸시고 나서
튼실한 머슴이 되어
커다란 전지가위를 들고나와
늦가을날 한낮을 전지도 하시고
똥지게로 인분을 퍼다가
이른 봄 밑거름을 주기도 하신다.

2
하느님은 또 이곳에 오셔서
여름 아침 햇살 퍼지기 전
발가벗은 동자가 되어
키들거리며 나무 밑을 걸어 다니다가
그만 바람에 들켜버린 알몸뚱이가 부끄러워
나뭇가지 위로 도망가선
나뭇잎 사이 잘 익은 사과알 속에
숨어버리기도 하신다.

3
이곳에서의 나의 하느님은
장난도 곧잘 하는 애기 하느님이시다.
나뭇가지에 그네를 매달고 나뭇가지를 흔들기도 하고
멀쩡한 과일을 툭툭 건드려 떨어뜨리기도 하고
아침에 갈아입은 옷 어느 골목에 가서
뉘집 애들과 어울려 물장난을 했는지
흙투성이로 후질러 가지고
어실어실 울며 돌아오기도 하는,
또 금방 기분이 좋으면 나뭇잎 사이에 숨어
바람아, 나 찾아봐라
살랑살랑 나뭇잎을 흔들어 보이기도 하는,
나의 하느님은 장난꾸러기 애기 하느님이시다.

우물터에서

그동안 당신이 많이도 잊어먹은 것은
구름을 바라보는 서거픈 눈매.
눈 덮인 골짝에서
부서져 내리는 돌바람의 귀[耳]
푸들푸들 깃을 치는 눈[雪]의 육체.

그동안 당신이 많이도 잊어먹은 것은
책 한 권 아무렇게나 손에 들고
저무는 언덕길로 멀어져 가던 뒷모습.
초가집 뒤울안에 곱게 쓸리는 대숲의 그늘.

오시구려, 오시구려,
그렇게 멀리서
억뚝억뚝 바라보며 서 있지만 말고
흰 구름이라도 하나 잡아타고
그동안 많이도 잊어먹은 것들을 가지러
오시구려,
아직도 우물터가 그리운 사람아.

언덕에서

1

저녁때 저녁때

저무는 언덕에 혼자 오르면

절간의 뒤란에 켜지는

한 초롱의 조이등불이 온다.

돌다리 내려 끼울은 석등石燈에 스미는

귀 떨어진 그 물소리,

내게 스민다.

숲의 속살을 탐하다 늦어버린

바람의 늦은 귀가歸家가 온다.

2

아침에 비,

머리칼이 젖고

오후 맑음,

언덕에 올라 앞을 막는 바람 한 줄기.

나무숲에서 새소리 난다.

새소리 끝에 묻어나는 숲의 살내음.

아아, 누구든지 한 사람 만나고 싶다.

누구든지 한 사람 만나고 싶다.

3
오늘은 불타는 그대의 눈
그대의 눈썹.
엷은 풀냄새 나다,
여린 감꽃냄새 나다,
그대 머리칼.

까맣게 잊어먹었던
그대 분홍 손톱에 숨겨진
아직도 하얀 낮달이 한 개.

찾아가다 찾아가다
길 잃고 주저앉은 산골 속
햇볕에 불타는 노오란 산수유꽃길
그대의 눈.

이제사 잠든

대숲바람 소리
그대의 눈썹.

달밤

어수룩히 숙어진 무논 바닥에
외딴집 호롱불 깜박이는
산이 내리고

소나기처럼 우는
개구리울음에
물에 뜬 달이 그만 바스라지다.

달밤.

안개는 피어서 꿈으로 가나,
물에 절은 쌍꺼풀눈
설운 네 손톱을,

한 짝은 어디 두고
홀로이 와서
입안에 집어넣고 자근자근 씹어주고 싶은
네 아랫입술 한 짝을,

눈물 아슴아슴
돌아오는 길.

어디서 아득히 밤뻐꾸기 한 마리
울다 말다 저 혼자도 지치다.
나 혼자 이슬에 젖는 어느 밤.

과원

이곳은 제일로 겸허하고 손이 크신
하느님의 나라이시다.
빛나며 흐르는 그분의
융릉融融한 강물이 차지한 유역流域이다.
제일로 지순한 눈빛을 가진 태양들이
익어가는 뜨락이다.

자갈밭으로부터
예쁜 계집애의
잠든 눈썹 아래 호숫물을 수없이 밀어올리고,
부끄러운 손 아래 붉은 것들을 익게 하시고,

해서, 그 잘 익은 눈매들은 땅 위에
수없이 많은 태양으로 반짝이기도 하고
하얀 시이트 위 창백한 천사의
시든 눈빛도 소생시킨다.

물론 이곳은
울퉁불퉁한 나무들의 마을이지만

지극히 겸허한 하느님의 손이 다스리는 나라이시다.
또한 겸허한 천사들이 눈을 트기도 하고
죽어가기도 하는 곳이다.

삼월의 새

삼월에 우는 새는 새가 아닙니다.
나뭇가지 끝에 걸린
그것들은 나무의 열매들입니다.
이 가지 저 가지로 옮겨 앉으며
울 줄도 아는 열매들입니다.

시방 새들의 성대聲帶는
부글부글 햇살을 끓이고 있고
햇살은 새들의 몸뚱이에 닿자마자
이슬방울이 되어 퉁겨납니다.
새들의 울음소리에 하늘은 모음으로 짜개집니다.

보셔요,
우물터에 앉아 겨울 내복을 헹구는
누이의 눈을.
눈물 번지는 벌판에 타오르는 아지랑이
　그 아지랑이 속을 솟아오르는 누이 눈 속의 종달새 한 마리
를……

삼월에 우는 새는 새가 아닙니다.

나뭇가지 끝에 걸린

울 줄도 알고 날 줄도 아는

그것들은 벌써

우리 마음속에 그려진 하나의 과일들입니다.

산행

마음을 비우고 몸을 비우고
당신을 찾아가는 날에 관음보살님,
석련石蓮을 꺾어 드신 손이 이쁘고
벗은 발이 이쁘고 이뻐서
혼자만 슬프신 관음보살님,

당신은 벌써 비자나무 숲길에
한 마리 다람쥐 되어 나를 반기고 계셨습니다.
시냇물 되어 도글도글
조약돌을 굴리고 계셨습니다.

머리를 비우고 가슴을 비우고
당신을 찾아가던 날에 관음보살님,
당신은 이미 징검다리 돌길을 건너는
갈래머리 산처녀, 산처녀 되어
나의 앞길을 먼저 가고 계셨습니다.

등 너머로 훔쳐 듣는 대숲바람 소리

등 너머로 훔쳐 듣는 남의 집 대숲바람 소리 속에는
밤 사이 내려와 놀던 초록별들의
퍼렇게 멍든 날갯죽지가 떨어져 있다.
어린 날 뒤울안에서
매 맞고 혼자 숨어 울던 눈물의 찌꺼기가
비칠비칠 아직도 거기
남아 빛나고 있다.

심청이네집 심청이
빌어먹으러 나가고
심봉사 혼자 앉아
날무처럼 끄들끄들 졸고 있는 툇마루 끝에
개다리소반 위 비인 상사발에
마음만 부자로 쌓여주던 그 햇살이
다시 눈 트고 있다, 다시 눈 트고 있다.
장승상네 참대밭의 우레 소리도
다시 무너져서 내게로 달려오고 있다.

등 너머로 훔쳐 듣는

남의 집 대숲바람 소리 속에는

내 어린 날 여름 냇가에서

손바닥 벌려 잡다 놓쳐버린

발가벗은 햇살의 그 반쪽이

앞질러 달려와서 기다리며

저 혼자 심심해 반짝이고 있다.

저 혼자 심심해 물구나무서 보이고 있다.

매미 소리

쏘내기 맞고 오는
한산 세모시
치마저고리.
가는 눈썹이 곱던 어린 시절의 내 어머니.

베를 짜고 계셨다,
호박넌출 기웃대는 되창문 열고
어쩌면 하이얀 그림이나처럼.
땀도 흘리고 숨도 쉬는 꽃송이나처럼.

아버지 군대 가시고
남겨진 우리 네 남매
보리밥도 없어 서로 많이 먹으려다 다투고
어머니한테 들켜 큰놈부터 차례로 매 맞아
시무룩히 베틀 아래 놀고 있는 한낮,

무성히 자라난 여름 수풀 속
그 해 따라 유난히 무성하던 매미 소리여.
울다만 눈으로 바라보던

옷 벗은 흰구름의 알몸뚱이들이라니!

어린 날에 듣던 솔바람 소리

시래기밥 먹고
마당가에 나온 겨울 저녁이면
일기 시작하는 솔바람 소리,
아아, 저절로 배부르구나.

호롱불 어둑한 부엌에서
설거지하던 어머닌
어디 가셨나?
또 군대 가신 아버지 생각에
장독대 뒤로 눈물 닦으러 가신 게지.

밥을 많이 먹으면
쉽게 하품이 나와
방에 다시 들어와
어둑한 등불빛 아래
다시 듣는 솔바람 소리면
아아, 졸립구나 졸립구나.

자리끼가 떵떵 어는 추위에도

어기잖고 또 아침은 와

눈덮인 산에서

기어 내려오는 솔바람 소리,

어쩐지 배 고프구나 고프구나.

시래기밥 먹은 배

쉽게쉽게 쓰리구나.

들국화 3

바람 부는 등성이에
혼자 올라서
두고 온 옛날은
생각 말자고,
아주아주 생각 말자고.

갈꽃 핀 등성이에
혼자 올라서
두고 온 옛날은
잊었노라고,
아주아주 잊었노라고.

구름이 헤적이는
하늘을 보며
어느 사이
두 눈에 고이는 눈물.
꽃잎에 젖는 이슬.

들국화 2

1

울지 않는다면서 먼저
눈썹이 젖어

말로는 잊겠다면서 다시
생각이 나서

어찌하여 우리는
헤어지고 생각나는 사람들입니까?

말로는 잊어버리마고
잊어버리마고······

등피
아래서.

2

살다 보면 눈물날 일도
많고 많지만

밤마다 호롱불 밝혀
네 강심江心에 노를 젓는
나는 나룻배.

아침이면
이슬길 풀섶길 돌고 돌아
후미진 곳
너 보고픈 마음에
하얀 꽃송이 하날 피웠나부다.

들국화 1

객기 죄다 제하고
고향 등성이에 와
비로소 고른 숨 골라 쉬며
심심하면
초가집 이엉 위에 드러누워 빨가벗은
박덩이의 배꼽이나 들여다보며
웅얼대는 창자 속 핏덩일랑
아예 말간 이슬로 쓸어버리고
그렇지!
시장기 하나로
시장기 하나로
귀 떨어진 물소리나
마음 앓아 들으며
돌아앉아 후미진 산모롱이쯤
내가 우러러도 좋은
이 작은 하늘, 이 작은 하늘아.

솔바람 소리 3

겨울의 소나무 솔잎의 바늘 끝에는
스무 해도 훨씬 전에 돌아가신
외할아버지의 혼령이 살아 계신다.
저승에도 못 가고 스무 해 넘게 헤맨 나머지
비로소 솔잎 끝에 촛불을 밝힌
그분의 피와 살이 묻어난다.

술이 취하면 흥얼흥얼 푸념도 하고
투정도 해 보이는
이승을 못내 못 떠나시고
장성한 외손이 보고 싶어
소나무 솔잎 끝에 맴을 돌며 흐느끼는
이제는 검은 머리카락뿐인 그분의 얼굴이 보인다.

내가 세 살 때 봄이니까,
지금부터 스물네 해 전
골수에 병이 깊어 지팡이 짚고
마당에 내려 마지막 해바라기를 하시던 그 날
마당 가득 만조 되어 일렁이던 햇볕,

외할아버지의 저승에도 비추고
세 살배기 내 눈에도 비추던 그 햇볕,
외할아버지 따라 저승의 문턱까지 갔다가
다시 외할아버지 따라 이승으로 내려왔는가.

햇볕은 또 소나무 아래
다시 천길 낭떠러지로 고여
그 날인 양 그 날인 양
일렁이고 있으니 말이다.

솔바람 소리 2
― 윤아중 은사님•

마른 길을 가거나
젖은 저자거리를 가거나
가다가 나 혼자 호젓하면
솔바람 소리 한 마디쯤 외워야 했다.

수많은 바람의 안타까운 흐느낌들을
조용히 몸으로 받아 흔들던
그 소나무
내 고향의 그 소나무들.

다 못 푼 울음일랑
죽지 꺾어 앉히면
자수병刺繡屏 열두 폭에
소리하는 여울이 되고
이슬 묻은 하이얀 목련이 되는,

어린 날의 내 어머니
아스므레한 젖 그늘의
지금은 비워둔 술병

그 항아리 배에 덩그러니 스미는 소리.

혹은, 저승에서부터 불러 가지고
기러기 발가락 끝에 동무해 오는
겨울바다 뒤척임 소리……

마른 길을 가거나
젖은 길을 가거나
가다가 외진 골목에선
바람 속에 휘파람 불며 서 있던
내 고향의 솔바람 소리 한마디쯤
외워야 했다, 외워야 했다.

* 윤아중 은사님 : 공주사범학교 시절의 국어선생님.

솔바람 소리 1

내 예닐곱 살 무렵
책 보퉁이 둘러메고
학교길 오고 가며
소나무 아래 와서 듣던
그 소나무 솔잎에 부서지던
솔바람 소리.

오늘, 어른이 되어
고향에 들른 짬에
다시 와서 들으니
그제 이제 하낫도 변한 것 없는 목청으로
여전히 단군왕검 시절의
태백산맥 줄기를 가로지르던
그 소리 그대로 살아 있음을 듣고
천 년 하고도 한 오천 년쯤은
너끈히 살아갈 수 있는
질긴 목숨을 생각한다.

지금도 병풍 속에 앉았다

마악 눈을 털고 날아온
학이 한 마리,
눈 덮인 산하를 가로지르는
그 날갯짓 소리 그대로
하낫도 목쉬거나 녹슬지 않게
살아 있음을 듣게 된다.

가을 서한 2

1

당신도 쉽사리 건져주지 못할 슬픔이라면
해질녘 바닷가에 나와 서 있겠습니다.
금방 등돌리며 이별하는 햇볕들을 만나기 위하여.
그 햇볕들과 두 번째의 이별을 갖기 위하여.

2

눈 한 번 감았다 뜰 때마다
한 겹씩 옷을 벗고 나서는 구름,
멀리 웃고만 계신 당신 옆모습이랄까?
손 안 닿을 만큼 멀리 빛나는 슬픔의 높이.

3

아무의 뜨락에도 들어서 보지 못하고
아무의 들판에서 쉬지도 못하고
기웃기웃 여기 다다랐습니다.
고개 들어 우러르면 하늘, 당신의 이마.

4

호오, 유리창 위에 입김 모으고
그 사람 이름 썼다 이내 지우는
황홀하고도 슬픈 어리석음이여,
혹시 누구 알 이 있을까 몰라…….

가을 서한 1

1

끝내 빈손 들고 돌아온 가을아,
종이 기러기 한 마리 안 날아오는 비인 가을아,
내 마음까지 모두 주어버리고 난 지금
나는 또 그대에게 무엇을 주어야 할까 몰라.

2

새로 국화 잎새 따다 수놓아
새로 창호지문 바르고 나면
방안 구석구석까지 밀려 들어오는 저승의 햇살.
그것은 가난한 사람들만의 겨울 양식.

3

다시는 더 생각하지 않겠다,
다짐하고 내려오는 등성이에서
돌아보니 타닥타닥 영그는 가을 꽃씨 몇 옴큼.
바람 속에 흩어지는 산 너머 기적 소리.

4
가을은 가고
남은 건
바바리코트 자락에 날리는 바람
때 묻은 와이셔츠 깃.

가을은 가고
남은 건
그대 만나러 가는 골목길에서의
내 휘파람 소리.

첫눈 내리는 날에
켜질
그대 창문의 등불빛
한 초롱.

빈손의 노래

1
가을에는 빈 뜨락을
거닐게 하소서.

맨발 벗은 구름 아래
괴벗은* 마음으로
주머니에 손을 찌르고 들길을 돌아와
끝내 빈손이게 하소서.

가을에는 혼자 몸져 앓아누워
담장 너머 성한 사람들 떠드는 소리
귀동냥해 듣게 하소서.

무너져 내린 꽃밭 귀퉁이
아직도 분명 불타고 있을 사르비아꽃 대궁이에
황량히 쌓이고 있을
이국의 햇볕이나
속맘으로 요량해 보게 하소서.

2

들판이 자꾸 남루를
벗기 시작하는데,
나무들이 자꾸 그 부끄러운 곳을
드러내 보이기 시작하는데,

내 그대 위해 예비한 건
동산 위에 밤마다 솟는
저 임자 없는 달님뿐이다.
새로 바른 문풍지에 새어나오는
저 아슴한 불빛 한 초롱뿐이다.

누군가의 어깨가 어둠 속으로 사라져 가는데,
누군가의 발자국이 어둠 속에서 돌아오는데,

이 가을 다 가도록
그대 위해 예비한 건
가늘은 바람 하나에도 살아 소근대는
대숲의 저 작은 노래뿐이다.

아침마다 산에 올라
혼자 듣다 돌아오는
키 큰 소나무
머리칼 젖은 송뢰뿐이다.

3
애당초 아무것도
바라지 말았어야 했던 걸 모르고
너무 많은 걸 꿈꾸다가
너무 많은 걸 찾아다니다가
아무것도 찾지 못하고 만
이제 또 가을.

문지방에 풀벌레 소리
다 미쳐 왔으니
염치없는 손으로
어느 들녘에 가을걷이하러 갈까?

허나, 더 늦기 전에

나도 들로 내려

드디어 낭자히 풀벌레 소리 강물 된 옆에

실개천 물소리 되어 따라 흐르다가

허리 부러진 햇살이나

주머니에 가득 담아가지고

한나절 흥얼흥얼 돌아올거나.

오는 길에 그래도

해가 남으면

산에 올라 들국화 몇 송이 꺾어 들고

저승의 바닷비린내 묻어오는

솔바람 소리나 두어 마지기 빌려다가

내 작은 뜨락에

내 작은 노래시켜볼거나.

* 괴벗은 : '헐렁한, 풀어진 듯한'의 뜻.

내 고향은

내 고향은
산, 산,
그리고 쪽박샘에
늙은 소나무,
소나무 그림자.

눈이 와
눈이 쌓여
장끼는 배 고파
까투리를 거느려
마을로 내리고

눈 녹은 마당에서
듣는
솔바람 소리.

부엌에서 뒤란에서
저녁 늦게 들려오는
어머니 목소리.

노상에서

길을 가다가
눈이 이쁜 새각시라도 만나거든
눈설은 남의 아낙이라도 만나거든
그의 귀밑볼만 잠깐 훔쳐보고
한켠으로 비키어 서서
먼 눈으로 하늘의 구름이나 바라자.

길을 가다가
귀가 이쁜 이웃집 아낙을 만나거든
해 묵혀둔 미투리에
바지 저고리 꺼내 입은 맵시 그대로
길 한켠에 비키어 서서 뒷짐이나 지고
나 부끄리어 붉게 물든 가을산의
허리통이나 올려다보자.

눈썹이 이쁜 이웃의 아낙을 만나거든
너무 욕심 부리지 말고
한 번만 보고
두 번 또 보는 것은

조금씩 애껴두기로 하자.

어머니 치고 계신 행주치마는

어머니 치고 계신 행주치마는
하루 한 신들 마를 새 없어,
눈물에 한숨에
집 뒤란 솔밭에 스미는
초겨울 밤 솔바람 소리만치나
속절없이 속절없어……

봄 하루 허기진 보리밭 냄새와
쑥죽 먹고 짜는 남의 집 샀베의
짓가루 냄새와 그 비린내까지가
마를 줄 몰라, 마를 줄 몰라.

대구로 시집 간 딸의 얼굴이
서울서 실연하고 돌아와 울던 아들의 모습이
눈에 박혀 눈에 가시처럼 박혀
남아 있는 채,
남아 있는 채로……

이만큼 살았으면

기찬 일 아픈 일은 없으리라고
말하시는 어머니, 당신은
오늘도 울고 계시네요.
어쩌면 그렇게 웃고 계시네요.

봄바다

모락모락 입덧이 났나베.
별로 이쁘진 않았어도
내게는 참 이쁘기만 했던 그녀가
감쪽같이 딴 사내에게 시집 가
기맥힌 솜씨로 첫애기를 배어,
보름달만한 배를 쓸어안고
입덧이 났나베.
잡초 같은 식욕에 군침이 돌아
돌아앉아 자꾸만 신 것이 먹고 싶나베.

깊이 모를 어둠에서 등돌려 돌아오는
빛살을 바라보다가
희디흰 바다의 속살에 눈이 멀어서
그만 눈이 멀어서
자꾸만 헛던지는 헛낚시에
헛걸려 나오는 헛구역질, 헛구역질아.

첫애기를 밴 내 그녀가
항紅만해진 아랫배를 쓸어안고

맨살이 드러난 부끄럼도 잊은 채
어지럼병이 났나베.

착하디착한 황소눈에
번지르르 눈물만 갓돌아서
울컥울컥 드디어 신 것이 먹고 싶나베,
— 훕살이* 간 내 그녀가.

* 훕살이 : '후살이'의 방언.

헤진 사람아

사람아, 헤진 사람아.

너는 아침에 일어나 어지러운 잠 깨어
문을 열고
밤 사이 새로 꽃 핀 꽃밭을
바라보는 나의 잠시.
꽃잎에 고인 이슬방울들.

집없이 헤매던 어둔 골목길에서
문득 멈추어 서서 바라보는
치렁치렁 밤하늘의 별무리 한 두름.
그것에 모은 나의 눈동자.

사람아, 헤진 사람아.

너는 램프를 밝히고
책을 읽다가
문득 등피燈皮에서 만나는 얼굴.
근심스레 숙여진 뽀오얀 이마.

도톰한 귓밥.

사람아, 헤진 사람아.

너와 나와 같은 세상에
같은 하늘을 이고 살아가고 있음만을
감사, 감사하는 나의 이 시간.
네게서 출발해서
숨결 불어오드키 하는
푸르른 바람 한 줄기 속의 이 약속.

겨울 달무리

웃으면 가지런한 옥니가 이쁘던 그대,
웃으면 볼 위에 새암도 생기던 그대,
그대의 손가락에 끼웠던
금가락지 같은 달무리가
오늘은 우리의 이별의 하늘에 솟았다.

그대의 마을에서부터 오는
기러기 발가락들이 찍어놓은
발가락 도장들이 어지러운 하늘가
오늘은 눈이라도 오시려나.
천둥호령이라도 나시려나.

울멍울멍 울음을 참던
나의 하늘에
그 때 그대를 시집 보내던 나의 마음이
오늘은 잊혀진 겨울 하늘에
흐릿한 달무리로만 어렸다.
달무리 하나로만 남았다.

상수리나뭇잎 떨어진 숲으로

오뉴월에 껴 입은 옷들을 거의 다 벗어가는 그대여.
가자, 가자.
나도 거의 다 입은 옷 벗어가니
상수리나무 나뭇잎 떨어져 쌓인 상수리나무 숲으로
칡순같이 얽혀진 손을 서로 비비며.

와삭와삭 돌아눕는 낙엽 아래
그 동안 많이도 잃어진 천국의 샘물을 찾으러,
가으내 머리 감을 때마닥
뽑혀나간 머리카락들을 찾으러.

가자, 가자,
마지막 남은 옷들을 벗기 위하여
상수리나뭇잎 떨어진 상수리나무 숲으로
이젠 뼈마디만 남은
열개 스무개 발가락들 서로 비비며.
열개 스무개 마음의 뼈마디들 서로 비비며.

대숲 아래서

1
바람은 구름을 몰고
구름은 생각을 몰고
다시 생각은 대숲을 몰고
대숲 아래 내 마음은 낙엽을 몬다.

2
밤새도록 댓잎에 별빛 어리듯
그슬린 등피에는 네 얼굴이 어리고
밤 깊어 대숲에는 후둑이다 가는 밤 소나기 소리.
그리고도 간간이 사운대다 가는 밤바람 소리.

3
어제는 보고 싶다 편지 쓰고
어젯밤 꿈엔 너를 만나 쓰러져 울었다.
자고 나니 눈두덩엔 메마른 눈물자죽,
문을 여니 산골엔 실비단 안개.

4

모두가 내 것만은 아닌 가을,
해 지는 서녘구름만이 내 차지다.
동구 밖에 떠드는 애들의
소리만이 내 차지다.
또한 동구 밖에서부터 피어오르는
밤안개만이 내 차지다.

하기는 모두가 내 것만은 아닌 것도 아닌
이 가을,
저녁밥 일찍이 먹고
우물가에 산보 나온
달님만이 내 차지다.
물에 빠져 머리칼 헹구는
달님만이 내 차지다.

다시 산에 와서

세상에 그 흔한 눈물
세상에 그 많은 이별들을
내 모두 졸업하게 되는 날
산으로 다시 와
정정한 소나무 아래 터를 잡고
둥그런 무덤으로 누워
억새풀이나 기르며
솔바람 소리나 들으며 앉아있으리.

멧새며 소쩍새 같은 것들이 와서 울어주는 곳,
그들의 애인들꺼정 데불고 와서 지저귀는
햇볕이 천년을 느을 고르게 비추는 곳쯤에 와서
밤마다 내리는 이슬과 서리를 마다하지 않으리.
길길이 쌓이는 장설長雪을 또한 탓하지 않으리.

내 이승에서 빚진 마음들을 모두 갚게 되는 날,
너를 사랑하는 마음까지
백발로 졸업하게 되는 날
갈꽃 핀 등성이 너머

네가 웃으며 내게 온다 해도

하낫도 마음 설레일 것 없고

하낫도 네게 들려줄 얘기 이제 내게 없으니

너를 안다고도

또 모른다고도

숫제 말하지 않으리.

그 세상에 흔한 이별이며 눈물,

그리고 밤마다 오는 불면들을

내 모두 졸업하게 되는 날,

산에 다시 와서

싱그런 나무들 옆에

또 한 그루 나무로 서서

하늘의 천둥이며 번개들을 이웃하여

떼강물로 울음 우는 벌레들의 밤을 싫다 하지 않으리.

푸르디푸른 솔바람 소리나 외우고 있으리.

하일음 夏日吟

나이 스물 하고도 다섯의
이 여름에
내게 있어 제일로 중요한 일은
여자들과 만나 시시덕이는 잡담이 아니고
오로지 혼자 앉아 있을 수 있는 시간들이다.
혼자의 그 하얀 잔주름들을
잘 이겨낼 줄 아는 일이다.

가슴에 피어서 좀 쑤시게 하는
분홍, 분홍, 연분홍의 안개들을
곱게 다스려
말간 이슬 한 종재기로라도
걸러내는 일이다.

비 갠 여름 점심 한나절쯤
조히,
꽃밭 귀퉁이에
초등학생용 나무의자라도 하나
가져다 놓고

꽃들이 수선 떠는 그 소리 없는
소리들의 모양새들을
착실히 구경하는 일이다.

하늘의 비늘구름들이 내려와서
자맥질하며 멱감고 나오는
꽃 속의 호수라도 한 채
찾아내는 일이다.
찾아낼 줄 아는 일이다.